# Samovar

# Ethel Krauze

## Samovar

ALFAGUARA

**Samovar**

Primera edición: enero, 2023

D. R. © 2023, Ethel Krauze

D. R. © 2023, derechos de edición mundiales en lengua castellana:
Penguin Random House Grupo Editorial, S. A. de C. V.
Blvd. Miguel de Cervantes Saavedra núm. 301, 1er piso,
colonia Granada, alcaldía Miguel Hidalgo, C. P. 11520,
Ciudad de México

penguinlibros.com

ISBN: 978-607-382-421-7

Impreso en México – *Printed in Mexico*

*Para:*
*Juan y Adelina*
*Katia y Noa*

I

# Primer tiempo

## 1

Cuando pienso en la flor de los beduinos, creo que todo pudo haber sido diferente. Que hubiéramos nacido en otro país, en otra época. Bajo un cielo menos luminoso; o, cada uno, en su rincón, en su pasto, en su pradera, y nunca nos habríamos encontrado.

¿O no?

Pero el día en que el criminal apareció en mi puerta llevando un samovar en la mano, supe que el destino era irreductible. Fue ahí cuando le di la estocada.

La flor de los beduinos. Esas flores que nacen del desierto, de la pobreza de agua, de la invasión de soles, o de noches. Flores a las que nadie espera. Flores que guardan, muy adentro, el silencio de un aroma.

Países de otras lenguas, con sus propios paraísos y sus propios laberintos.

Cada uno, con sus círculos de miedos.

Pero no, tuvimos que juntarnos en éste.

¿O no?

\*

Lo mío no fue como un hato de tamariz, con sus humildes gotas color de rosa anudadas a las ramas del desierto, ni siquiera como los granos rojo oscuro del karob en los arbustos chaparros que se divisan a la distancia y que más parecen espejismos.

No.

Fue como la llamada de un ramo de rosas a la mitad de un parpadeo. Me enamoré como si no hubiera un día siguiente y los ayeres se hubieran colapsado en un reloj sin cuerda, muy antiguo.

Una tarde sin pies ni cabeza. Un martes inexistente. Un tintín de cuchara en la copa de vino. Me pareció odioso ese cretino que anunciaba su impaciencia con autoridad. Yo hacía clics sobre la hilerita de patos que pasaba justo en la terraza del restaurante El Lago. Había que hacer un nuevo anuncio publicitario, maridando naturaleza y excelencia al paladar. El tintín desvió el enfoque y hubo que repetir la secuencia. Resoplé.

—Perdón, aquí está el porqué de mi torpeza —me dijo, levantándose hacia mí, y me acercó a la nariz una copa recién servida.

Me asomé al buqué, con sigilo, y el loto se abrió.

—Lo probé en un viaje a Ámsterdam, no lo olvidé nunca y vine a encontrarlo en este lugar, justo frente a usted.

De cretino, se volvió criminal.

Pero ésta es la historia de un samovar a la deriva, y tal vez no es aquí donde inicia. Sino un siglo antes. O más.

O dos años después.


# 2

Hice un pacto con mi abuela Anna bajo las jacarandas de marzo.

En aquellos años todavía esplendían los encajes morados en los cielos de la ciudad, sin la capa de esmog ni los rascacielos tan brutales que se erigieron luego de la devastación del terremoto de 1985. Las flores de las jacarandas reinaban en las avenidas e hicieron de damas de honor en el aniversario de bodas de mis padres. Una comida familiar de puertas abiertas en el corazón de la colonia Condesa.

Llegué con la eternidad de mis veintisiete años, mis sandalias de cuero y mis anchos pantalones de manta, mi camiseta negra con el símbolo de paz muy plateado, el fragor oscuro de mi cabellera suelta y la impertinencia para cruzar a zancadas el pasillo, entrar por la cocina, meter el dedo en la compota de ciruelas, y darle un abrazo de oso a María, mientras María me reprende por el portazo que está a punto de bajar la masa del pastel en el horno. María es la eternidad. Una paloma que pasó volando bajo y se asomó a mis ojos y decidió quedarse conmigo. No puedo imaginar un mundo sin María, sería como imaginar una pared y vivir ahí atrapada.

Entro al salón principal. Me miran de arriba abajo con muecas y murmuraciones. Pero, al fondo, está la abuela, sentada en el sillón de terciopelo de seda, el que tiene al lado la mesita con el quinqué de gotas de cristal checoslovaco. La abuela Anna me descubre de inmediato. Como si me oliera. Y me suelta una mirada de adoración. Esa mirada es también, supe mucho tiempo después, una súplica, una complicidad, un augurio, un destino.

Siento cómo se me agita algo en el centro del pecho. Debo atravesar la apretada multitud, traspasando tafetanes y tacones; hago ruido esquivando brazos, ademanes, charolas y dando algunos certeros codazos invisibles.

—¡*Bobe*! —exclamo, la beso en la boca a la manera rusa, un sonoro roce en ese botón de labios parados con el que me ha enseñado a saludarla desde niña.

Anna es como un jabón de tocador exquisito, me imagino el frasco esmerilado de un perfume con cuerpo de maja recostada, o una jerosolimitana del leve color de flor de jacaranda en una luna de ropero. No sé cómo pienso en todo esto, las imágenes me brotan de los ojos de la mente a los dedos en los clics de mis cámaras. Ahora mismo llevo la portátil colgando conmigo. Pero no tomo una sola fotografía. Se me ha pasado el coro y el pastel de la algarabía. Estoy con la abuela en la esquina luminosa que va cobrando tonos ocres hasta hacerse tan íntima como una burbuja para nosotras. La abuela es una preciosa madre-perla en su traje azul plumbago y su pelo blanco ondulado. Nos mantendremos en esa burbuja, todos los miércoles. Porque nos tenemos. Y acabamos de descubrirlo.

Sellamos nuestro pacto con una rebanada de pan con miel y una copita de brandy, como en *Rosh Hashane*, cuando se renueva el año y se hacen promesas y bendiciones para que todo se cumpla dulcemente.

## 3

Ahora que escucho el andantino de las danzas polovet-sianas de Borodin, y miro el globo terráqueo, con su pátina sepia al estilo antiguo, que coloqué justo sobre la mesita aquella del pacto bajo las jacarandas, hace ya tantos años, y que fue una de las pocas cosas que heredé al final, tras la muerte de mi madre; ahora que estoy aquí, cruzando dos décadas de un nuevo siglo, y la pared de fotografías premiadas en mis viajes me acompaña, doy la vuelta en esa tierra esférica que me lleva de Rusia a América, siempre atravesando un mar, siempre descendiendo en el naufragio hacia torrentes submarinos, siempre un samovar a la deriva que no logro encontrar, puedo sentir el oleaje desgobernándome hasta no ser nunca más la joven que entró al edificio de balcones en la calle de Acapulco, tomó el elevador, llegó al quinto piso, y tocó la puerta, cumpliendo con su parte.

Lo curioso es que giro hacia la derecha el globo, en el sentido horario en el que fue construido, pero no me obedece. Tendría que sumergirme en el océano Pacífico o, de perdida, cruzar el estrecho de Bering hasta Alaska y bajar medio planeta para llegar hasta acá. No. Me obliga a discrepar con la lógica. La historia se mueve hacia atrás no sólo en el tiempo, sino en una geografía en incesante re-construcción, como yo misma.

Yo, asida en ese mar embravecido, a la tabla del internet, me topo con las *Casas voladoras*, la famosa serie de fotografías de Laurent Chehere y me sumerjo en la melancolía de su discurso fotográfico que trenza lo real, lo metafórico, lo simbólico y lo subjetivo, todo lo necesario para contar una historia, e intento encontrar cuál será mi próximo puerto, en qué confín de imágenes tendré que recuperar el samovar capaz de conducirme en la oscuridad de la pandemia por la que atraviesa nuestro mundo. Todas las generaciones tienen su tragedia, su naufragio y su samovar que rescatar.

Como Chehere, que en 2007 se volcó a contar la imagen poética del viejo París, sacando algunas tristes casas del anonimato de las calles de Ménilmontant y Belleville, a través de sus montajes fotográficos sobre los cielos, para ayudarlos a contar su historia verdadera, yo intentaré sacar estos tristes encuentros del anonimato de un viejo departamento en la Condesa, para ayudarlos a contar una historia que aún debo descifrar.

Y que es la mía.

## 4

Aquí estoy, con mi mejor sonrisa. Modesta abre la puerta:

—¡Uy, Tatiana, que no hubieras llegado! —exclama sin verme, ya secándose la mano con el trapo, en dirección a la cocina.

La entrada al departamento tiene un vestíbulo que lleva de frente al pequeño antecomedor que, en realidad, es parte de la cocina. A la derecha, el pasillo enmaderado hacia las dos recámaras y el baño en medio. A la izquierda, la sala y el comedor frente a un ventanal con un largo balcón lleno de luz y cortinas de gasa vaporosa.

En la cocina, la *bobe* y Modesta, con sendos mandiles mojados, se afanan en las cacerolas.

Las semanas se cruzaron con las ciento veinte mil cosas impensables, así que nuestra primera comida se retrasó algunos miércoles, y aterrizó en las fiestas de *Purim*, que yo recordaba de mis primeros años, con los *homen tashn*, unos panecitos rellenos de semillas de amapola que después desaparecieron, cuando el abuelo murió y los nietos se dispersaron. Las celebraciones judías siempre se relacionan con matanzas y sobrevivencias, lo que marca el sello de duelo o de alegría en sus aniversarios. Pero, para los niños, sólo son cambios en las golosinas, como las calaveritas de azúcar en Día de Muertos o la rosca de Reyes el 6 de enero.

Crucé el umbral con el hambre de los *homen tashn,* que, en realidad, era el hambre de mi infancia a la que ya veía muy lejana, cuando se cree que la bondad existe y la vida no puede ser sino su prolongación permanente.

—¡*Bobe*, hoy es *Purim*! —exclamé a los cuatro vientos, con los brazos extendidos.

—¿A mí qué? ¿Qué fiesta es para mí? —dijo desde la mesa de la cocina, trajinando con los platos.

—Pero… *bobe*, a ti siempre te han gustado las fiestas…

—Bah, ahora todo se vende, lugares en *shul* se venden, veinticinco mil pesos un lugar vitalicio. Y seiscientos pesos boleto para fiestas de *Rosh Hashaná* y *Yom Kippur*.

No sé qué magia esperaba. Las cosas no parecen estar encendidas en el mismo cuadrante.

—Mira, hija, que Dios oiga súplica de perdón, eso es todo lo importante en religiones. Por eso *shoifer* es el que abre el cielo con su trueno que llega hasta oídos de Dios.

—¡Ah no, doña Anna! —la ataja Modesta, francamente regañándola—, no me diga que el ayuno no es importante porque usté sí lo hace de pies a cabeza, me consta desde hace demasiadísimos años…

—Ya a sentarse —sentencia la abuela.

El caldo con bolas de *matzá* ha estado supremo. No sé cuánto tiempo hacía que no probaba estas delicias tan simples, que en la casa de mis padres desaparecieron…

¿quién iba a hacerlas? El feudo de la cocina pertenece a María, y en ella privan los moles, los chicharrones en salsa verde y las tortillas hechas a mano. Las bolas de *matzá* casi me hacen sollozar. Me siento en perfecta maldad, liada con un criminal innombrable en este espacio de mi propia historia.

Ninguna de las referencias que traje de las fiestas judías, con toda provocación, ha servido de abracadabra para una abuela metida más allá de los ochenta y cinco años, sumida en el aire extraviado que parece envolverla. No es lo que prefiguré aquel domingo bajo las jacarandas.

Miro, sin querer, el reloj. Falta casi una hora para las cuatro. ¿Y si le hablo al criminal para que se adelante? Soy una enferma, pienso de inmediato. Mis ojos vagan hacia la ventana que se percibe desde mi lugar en el antecomedor. Se asoman las cabezas de los cocoteros inexplicables de la avenida Veracruz. Así es esta ciudad. Hecha a retazos. Como yo, por eso estoy aquí.

# 5

Nunca pensé que, de la fiesta de aniversario de mis padres, emergiera esta cita. No puedo recordar en qué momento ocurrió que el embrujo de las jacarandas pusiera en los ojos de mi abuela una especie de nota de cristal agudo; algo tan profundo, como el sonido de las sirenas que temió escuchar Odiseo, se esparció en la sala, entre las copas de champaña y los bocadillos de caviar sobre huevo cocido y todos esos abrazos que se dieron tías y primos y primos segundos y terceros que fueron arrastrados por deberes familiares ese domingo de marzo para que les dejaran pintados besos hasta en los párpados.

Hay que sacar del cofre otro anzuelo.

—¿Y el *zeide*? Me acuerdo muy poco de él. Cuéntame cómo era…

Ha surtido efecto. La *bobe* Anna se seca deprisa las manos en el delantal y viene a la mesa, ya con la sonrisa fabricándose en el rostro.

—*Zeide* te quería mucho, mucho. No importaba que hicías chis en cama cuando durmías con nosotros. No quiso poner plástico, "plástico es frío, mejor chis…"

Suelta una deliciosa carcajada y sí, ya estoy levantando el pesado cobertor de mi infancia. El cuarto de los abuelos tiene una penumbra amarilla con latidos de miedo. Todas las casas de los abuelos son así. Con penumbras amarillas y con miedo.

El *zeide* me decía *shíksele* porque no le hablaba yo en idish, entonces le cantaba una canción hebrea que me habían enseñado en el kínder, y él me besaba con lágrimas y me hacía subir en el taburete para que volviera a cantarla una y otra vez:

*Dadayéinu, dadayéinu, dadayéinu,*
*dayéinu dayeinú núnunu dadayéinu, dadayéinu,*
*dadayéinu, dayeinu dayeinú*

Con mi vestido blanco y mi abriguito de terciopelo azul marino, repito el estribillo y el abuelo es feliz. Con su cápele eterna en la cabeza y sus negras vestimentas, llora ante mi poder:

*Núnunu dadayéinu, dadayéinu, dadayéinu,*
*dayeinu dayeinú*

Así, ahora me recuesto sobe el hombro izquierdo del criminal, y el criminal me mira con embeleso, y es feliz. Pero no quiero traer esta escena.

—Cuéntame cómo se conocieron el *zeide* y tú, por favor, *bobe*.

—Él era agente viajero. Vivía en otro pueblo. Llegó un día a la tienda de papá. y me vio. Ya me voy a banco, yo dije. Ah… porque yo estuvía muy enamorada de gerente de banco en Shmérinka…

¿En serio? ¡Qué emoción!

—Y dijo *zeide* a mí, ¿poedo ir a banco con ustet? Y yo dije, ¿qué, yo lo voy a cargar?

—¿Eso le dijiste?

—Y luego le preguntó a papá:

—¿Poedo ir a casa de ustet mañana? Y papá dijo, ¿qué, no tiene pies?

—¿De veras así le contestaron tu papá y tú? ¡Ay, pobrecito!

—Ese mismo día invitó a teatro a toda la familia, pagó palco para doce gentes.

—¡Caramba, *bobe*, lo fulminaste!

—Eso le dije a tu abuela, lo fulminó —corea Modesta restregando las últimas gotas de la jerga.

Mi abuela pone los ojos en blanco, es una colegiala.

—Pero yo no fui… Salí con gerente. Era guapo, caballeroso, primo de Boronsky.

Me brota una carcajada que va de ida y vuelta por la casa.

—¡Júrame que era primo del que sería tu segundo marido, cincuenta años después! —exclamo con un grito contenido.

Salto de la silla. Me meso los cabellos. ¿Por qué no sabía nada de esto? ¿En qué mundo estoy?

Modesta retuerce la jerga como si quisiera sacarle los últimos secretos:

—Uy, chiquita, si yo te contara…

—Pues cuenten, por favor —regreso a mi lugar.

—Ese día ya no vi a *zeide*, porque no fui a teatro y él se fue a hotel. ¿A mí me importó que fue a hotel? ¡Qué me importó! Pero después escribió muchas cartas a mi papá, con saludos a mí. Y, un vez, le escribió que le gusta la hija, que si no puede hacer algo… porque Boronsky también me cortejaba.

19

—¿Desde entonces te cortejaba Boronsky? ¡Santo cielo!

—Tú no conoces quién es tu abuela, Tatiana, si te digo los pretendientes que tiene haciendo fila aquí mismo…

—Tú calla boca. ¿Quieres más té, hijita?

—¡Sí, obvio sí!

# 6

Viene la ceremonia del té más negro del mundo. Con yerbas enredándose en el paladar. Conozco ese sabor. Pasé una noche en tren de San Francisco a Los Ángeles tomando un té amargo como éste. Pero mucho más amargo junto al criminal, pues no podía actuar del bon vivant que me había prometido durante la escapada que tramamos juntos. Yo, para conocer la ciudad hippie y colarme en una revista de aviación; él, para intentar negocios de importación de vinos entre las Californias.

—¿Y si alquilamos bicicletas y recorremos el parque del *Golden Gate*?

—¿Estás loca?

—Pues vayamos al Fishersmans' Wharf a atragantarnos de cangrejos…

—Uf…

Con eso se saldaba la agenda de cada día. Museos, ni hablar. En cualquier lugar público se encontraría con algún conocido, según él, como si fuera la colonia Echegaray. Sólo en los pubs recónditos probábamos vinos silvestres y, a fuerza de penumbras, nos besábamos con lentitud.

Hoy el té es una puerta que lleva a otro viaje. En mi cabeza danza un vals conocido entre el dúo yiddish—hebreo, con el dúo ruso—español.

—Y pior de pior, gerente resultó casado con dos hijos…

Tambores en el corazón. La abuela Anna enamorada de un hombre casado con dos hijos. La nieta Tatiana enamorada de un hombre casado con dos hijos. El té se vuelve un tempanito y un incendio al mismo tiempo.

—Ay, Tatiana, cuidado rompas la taza! ¿No ves que es la de visitas que tu *bobe* sacó para ti? —advierte Modesta, con el oído atento, mientras restriega por enésima vez el fregadero.

—No quise volver a saber nada de los Boronsky, nada de gerentes ni de rabinos. Muy decepcionada de todos, me hice novia de tu *zeide*, éste sí muy decente, muy decente, sí, muy decente.

Puedo ver a la joven Anna corriendo por el bosque a encontrarse con un criminal, como el mío, y hundirse en el abrazo. ¿Qué tienen esos criminales que nos enamoran?

—¿Te besó? —le pregunto, y siento cómo me sonrojo sin poder evitarlo.

La abuela se lo piensa, su mirada gira al techo, oblicuamente:

—En la mano, y a veces… en la boca. Muy trabajador. Nos comprometimos con ceremonia formal y nos casamos. Yo tuvía dieciocho años; él, veintiocho.

Es obvio que le da la vuelta a mi pregunta. Yo quería saber de su criminal, pero ella responde por el abuelo. ¡Dieciocho años! Era una adolescente saliendo de un drama de amor, bajo el palio nupcial, mirando cómo se sella su destino en el ritual de la copa que todo novio judío quiebra con el pie, para recordar que, a pesar de la destrucción, las almas y los pueblos se volverán a unir.

# 7

¿Quién era yo a los dieciocho años? Veo a la joven Anna con nitidez, ahora mismo, a mitad de la sala de este pacífico y soleado departamento en la ciudad de México, aunque todo esté ocurriendo más de sesenta años antes, al otro lado del océano, y el novio se haya convertido en parte de la tierra mucho tiempo atrás. Puedo sentir su corazón, cómo se quiebra levemente con el tronido del cristal bajo los pies del hombre con el que dormirá unas horas más tarde.

Pero no atisbo más que una nebulosa de mis propios dieciocho, ni siquiera han pasado diez años desde entonces. Insisto, el té recalentado que me sirve Modesta de nuevo, discreta ante mi pasmo, es, en mi paladar, una punta de alfiler con la que abro un orificio.

Era yo un manojo de grillos en la cabeza. Un cuerpo demasiado anguloso, una necesidad de no estar quieta nunca. Picaba en muchos frentes, reculaba ante los estudios formales, descubría cuánto me decepcionada el famoso misterio del sexo, en tal o cual encuentro fortuito, atrabancado, gris. Me parecía imposible toda mi familia, mi casa en general. A excepción de María, que siempre ha estado con mejunjes para el esplendor de mi cabello, bebidas de manzanilla en flor para dormir bonito, pastel de nata fresca y abrazo con toalla limpia al pie de la regadera; emocionándome con los chismes de su pueblo: las sobrinas que se escaparon con el novio y las que volvieron embarazadas para dejar a sus bebés o las que regresaron con la cabeza baja a pedirle perdón.

"¿Qué quieres estudiar?", era la pregunta de cada día a mi alrededor. Una pregunta enloquecedora. Menos, claro, la de María. Ella mejor me contaba otra de sus anécdotas, y me preguntaba qué quería de postre, para que se me quitara lo flaca. María nunca preguntaba, sólo ofrecía las respuestas exactas.

Hay un espacio en el universo único para ella. Aunque todavía no he descubierto cómo nombrarlo.

*

Entonces, se me ocurre mover el tablero y lanzarle el bumerán a la abuela:

—¿Alguna vez quisiste estudiar, *bobe*?

Escucha la pregunta como si viniera del más allá. Una perlita luminosa se trasmina de sus pupilas hacia los lentes y me llega como lampo.

—Yo siempre quise ser matemática. Pero papá dijo que no es de mujer, no en nuestro pueblo. Boeno, entonces dije que farmacéutica, ya casada. Pero ni papá ni marido me dejaron.

Una espiral de aguas se abre delante. No imaginé estos impulsos vocacionales en la abuela. Me siento zarandeada. He tenido todas las oportunidades del mundo y todavía estoy en el dilema de arriesgarme como fotógrafa documental o reportera de turismo o… ¿quién sabe? ¡Una abuela matemática! Esperaba todo, menos esto.

La *bobe* Anna nunca aprendió a hablar el español como se debe, por lo que parecería una anciana medio lenta y medio torpe. Como todas las abuelitas, pero ésta más, por el balbuceo. La joven Anna, enamorada de un criminal al que sigue a escondidas, y con una cabeza indómita para los números, no encaja en el encuadre de mi cámara.

—¿Cómo que no te dejaron? ¿No protestaste?

—Antes no se protestaba, Tatiana. Si protestabas te daban diez buenas cachetadas, ¿verdá, doña Anna? —replica Modesta, dando trapazos sobre la estufa.

Modesta es menuda y robusta, casi negra, casi ciega, pero oye hasta lo que no, y huele más allá del horizonte. Sus cabellos rizados y cortos se mantienen a los lados con sendas peinetas, a veces, de concha nácar que le trajo María de Acapulco, cuando íbamos de niños, todos, en un solo coche sufridor; otras, de carey, que le regalara una antigua patrona española, y muchas otras de plástico para la batalla diaria. Sus anteojos de fondo de botella verde la anticipan donde quiera. Siempre anda con algo en las manos, una escoba, una jerga, un cucharón, la manguera de la aspiradora, la cubeta o la canasta del mandado. La acompaña un coro de especias, florecitas del mercado, manojos de cilantro y mejorana, y arenques en salmuera.

Modesta es la sobrina mayor de María, quien es la comandanta en jefe de todas las muchachas que trabajan en las casas de la parentela de la abuela Anna, quien es la comandanta en jefe de nuestra familia.

Anna y Modesta conviven desde hace más de cuarenta años y no se entiende que exista la una sin la otra. Por lo menos, yo no podría entenderlo. Están trenzadas más a fondo que las dos caras de una moneda, porque éstas, aunque pegadas, no se ven. Anna y Modesta son como dos caras de la misma moneda, pero viéndose de frente, reflejando la imagen de una sobre la otra y viceversa, en una suerte de permanente y dinámico intercambio en el que sus historias convergen, cruzan, chocan, se disparan y del que emerge algo casi sobrenatural.

Debo encontrar un hilo para no perderme en este caldero de magias que se encienden frente a mis ojos sin que atine a descubrir el truco.

—Matrimonio fue decisión de Dios —sentencia Anna, mirando una esquina del techo del antecomedor. Así responde siempre cuando hay que zanjar el asunto.

—Ay, doña Anna, pues que me perdone Dios, pero yo sí tomé mi decisión — agrega Modesta con un tono que va subiendo de la ironía al reto.

—Tú qué hablas, Modesta, si no sabes qué es matrimonio —suspira la *bobe,* sin arredrarse al reto.

—Pues por eso, por eso le estoy explicando, doña Anna, porque yo sí decidí. Me muerdo la lengua para contener la risa.

—*Meshúguene* —musita la abuela revoleando los ojos.

—Ya me dijo *meshúguene* tu abuela, Tatiana, pero eso no quiere decir que estoy loca, estoy bien lista, a mí que me esculquen.

—Es más lista que nadie, hija, pero yo también estuvía muy lista, hacía cuentas divinas y me puse de cajera

24

del negocio con *zeide*. Sí, *zeide* me quería mucho, me decía "Anuschka".

Gong… suena en mi cabeza la campanada de aires muy antiguos. ¿Alguna película que vi y que ahora no recuerdo? Anuschka, Anuschka, me lleva a novelas del siglo XIX, a vestidos largos con los colores del campo y a flores lánguidas en los jarrones de bordes dorados.

—Anuschka… qué bonito nombre, parece sacado de un personaje de novela…

—Uy, demasiadísimas novelas con ese personaje, Tatiana, yo las leí, todas, pero se quedaron los libros en una ida a mi pueblo —explica Modesta, sacándole brillo al candelabro de plata sobre la mesa de cocina—. Todos los nombres rusos tienen otro nombre, como quien dice. Tú te llamarías Tatia o Tianna, ¿verdá, doña Anna?

—*Maine* Tátiele… —suspira la *bobe* mirándome con su reguero de oro.

—Ah no, señora Annita, eso es en idish. Porque yo aprendí idish, ¿vieras, Tatiana? *Maine táyere* Tátiele, ¿a poco no?

Modesta hablando en idish y ruso y discutiendo sobre libros y personajes de novela, retorciendo el trapo renegrido en sus recias manos. La tetera humeando es testigo de estos revuelos y el torrente que se forma en mi interior tratando de encontrar salida.

La abuela me mira desde su vaso oscuro de té. La dulzura me traspasa. Es un toque eléctrico. A veces, la dulzura es eso.

El criminal no tiene ese poder. Ahora lo sé. No hay vino tinto ni mesa con libro abierto ni manos llamaradas. Nadie me ha desnudado con esta precisión, me ha recogido la cabellera hacia un lado despejando mi rostro y me ha regalado una mirada como la de mi abuela. Intenta decirme algo, sabe todo de mí. Me estremezco.

**8**

—Voy a comer con mi abuela todos los miércoles —le dije al criminal—. Así que invéntate algo para encontrarnos por el rumbo.

Hace como dos años que "encontrarse por el rumbo" es entrar uno en otro en alguna cama. Primero yo le marcaba el paso, pero el peso del criminal se fue haciendo más denso, como de vino oscuro, bien añejado. Por eso me he ido perdiendo en una gruta, sedienta de vino y más vino y más vino, oscuro, denso, añejado. No pocas veces he tenido que sacudir la cabeza durante una junta de trabajo en la revista para quitarme de los ojos, ¿de la piel?, las manos del criminal dentro y fuera de mi cuerpo, su lengua ardiente y helada como un pulpo en miniatura paseándose en mis labios menores y mayores.

Sorbo mi té. Un terrón de azúcar, los ojos de la abuela, y otro para el té más negro del mundo rumbo al país de las nieves y el clac cloc de los caballos por las veredas. Por allá, las cacerolas de Modesta hacen también clac cloc.

—Así fue que te casaste, *bobe*...

—Ah, pero así fue que llegaron también los bolcheviques. *Zeide* tuvo que ir a ejército, encargado del vestuario de uniformes. Yo lo seguí a todos los pueblos durante dos años. Mi papá guardó el denero y lo cambió por centenarios de oro, los escondió. María, la criada, se los echó en panza junto con joyas de mamá y se fue. Después devolvió todo. Con ese denero nos mantuvimos, y con comercio clandestino. Todos los hijos casados fuimos a casa de papás, para que no ocuparan las piezas de la casa. Pero, con todo y eso, la sala y el estudio pasaron a manos de la procuraduría. En la madrugada hicimos colas para pan y leche.

No me entran en la cabeza estas imágenes, más que asociadas a títulos de películas históricas, con actores de moda y su subsecuente pañuelo de lágrimas. Luego, una copa para comentarios.

—Ay, qué espanto, ¿cuánto tiempo duró todo esto, *bobe*?

—Como quince años, hija. Estados Unidos cerró sus puertas. Un tío rico de *zeide* mandó mil dólares. *Zeide* vino a México a ver qué pasaba. Y yo, en París, con dos hijos, huyendo. Un año después, conocí al hermano del Puerto de Liverpool y negocié crédito de tres mil pesos para *zeide*. Así es, Tátiele. Y luego, con tu papá, tuve que vender anillo para darle ropa y cobija cuando fue a servicio social en la sierra de Puebla, y él regresó sin nada, todo regaló. Después vino a conocerme la familia con quien él vivía, y me trajeron gallinas…

—Por eso digo que casarme no es mi fuerte —dice Modesta, como si la conversación no hubiera salido de ese punto—. Oportunidades tuve de ir a Estados Unidos, Europa, todo, pero no quise.

—Trabajó toda la vida y no tiene en qué caerse moerta, no quiso dejar a sus padres, pero no se crio con ellos, sino con su tía María. María enseñó cosas muy bonitas, salvo el carácter; eso sí no le enseñó. Carácter de Modesta es infierno.

Me río, pero Modesta finge no haber escuchado, y continúa:

—Yo vine desde los nueve años a México. Mi bisabuela me contaba de los ranchitos de Hidalgo y del Estado de México. Son iguales a los de Alemania y de Inglaterra, yo traté con todo tipo de gente. Tengo cuarenta años de conocer a tu abuela y veintisiete de trabajar sin parar con ella.

—Modesta sabe todo, se acuerda de todo.

—Uh, Tatiana… cuando te parabas en el cajón para lavar en la pileta con mi tía María…

—Dicías que eras la reina de Inglaterra cuando nació Gerta, dicías que Gerta era una chimisturria y tú la reina de Inglaterra…

Grandes risas en el antecomedor.

—… Y cuando Uriel se emborrachó con rompope en Navidad y mojó a Petra con la manguera… y tú hasta te caíste en la pileta con Gerta chiquitita…

Más risas de Modesta y de la abuela. Risas que rafaguean mi memoria. Modesta sabe más de mí que yo misma. Recuerda detalles de mis primeros años. No sé quién se los ha contado a quién, pero entre ambas me llevan de regreso al patio de la casa que era el territorio de María, y a una Tatiana siempre buscando la atención que se la roban el hermano mayor y la hermana menor.

Mi flequito se mueve de allá para acá, mientras troto tratando de empujar la carriola de Gerta, ante el insistente Uriel, que hace todo un espectáculo de tecnología para capturar la escena con su nueva cámara de ocho milímetros que le regalaron de cumpleaños.

Quisiera llorar, arrojar todo, el vestido me pica, las gallinas que soltó María en el patio me persiguen, choco la carriola con la pared de la cocina, pero la *bobe* y Modesta ya se disponen a levantar la mesa suspirando por los libros que podrían escribir.

—Ay, hija, yo pudía escribir un libro —exclama Anna, con una actitud no sólo de remembranza, sino de reivindicación.

—Uy, como de doscientas páginas, mínimo, doña Anna, así lo escribiría yo. No, como de cuatrocientas, mejor, ya con todo, con lo que se vive y con lo que le cuentan a uno…

Suspiran. Se hace el silencio. La abuela se abate mirando sus manos sobre el mantel.

—Mi vida no es interesante ahora, Tatia, pasar de la mañana a la noche y de la noche a la mañana. Nada más.

No quiero saberlo. Nada de esto. Las aguas vivas se entintan cruzando por debajo de la mesa del comedor. Debo escapar antes de que me atrape su torrente. Hay que volver hacia atrás.

## 9

—Alguna vez mi papá contó de una hermanita, *bobe*...

—Múschinka... mi Múschinka... —repite con la vista hacia la esquina izquierda, como si traspasara la pared de la cocina, la sala, y saliera por la ventana del balcón: una flecha impecable al corazón del tiempo—. Murió de dos años. Tifoidea. Una muñeca, mi Múschinka... Muñeca se rompió. Ni modo.

Una muñeca que se rompió. Múschinka, me parece el nombre más bonito del mundo. Una cajita de música con su bailarinita eterna, a la que se le ha descompuesto el mecanismo de la cuerda; la caja se ha colocado con cuidado sobre el secreter, pero nadie la abre, nadie quiere mirar la miniatura de ese cuerpo rígido, listo para el siguiente *demi plié* que nunca más hará; nadie quiere rememorar la melodía que ha colapsado entre las motas de polvo dorado que se esparcen en el halo de luz, cada vez que un despistado se acerca y exclama ¡ay que linda cajita musical!, ¿puedo abrirla?

Me he subido a la flecha, aferrada al nombre de una tía que nunca conocí y a la que ya amo. Viajo en la mirada de mi abuela hasta una recámara revuelta con sábanas desgobernadas y su terca pared azul crepúsculo. Aparto los ojos del centro de la cama. No quiero ver la agonía.


## 10

En la silla del antecomedor, un bulto de mujer se petrifica, la mujer de Lot ha girado la cabeza. Un amargo sabor de sal se me cuela mientras me pregunto si hago bien en despertarle estos recuerdos a la abuela. No son recuerdos. Son regresos súbitos al pasado, de los que yo tampoco salgo incólume. Un primer oleaje se me ha volcado con el nombre de Múschinka, que yo desconocía, y los gritos que me asaltaban por dentro en la escuela, en quinto de primaria, cuando quería impedir que la mujer de Lot volviera la vista atrás, porque yo sabía lo que habría de ocurrirle.

No alcanzo a contestarme la pregunta, porque viene entrando la *tutta* Lena a la cocina. Lentísima, catarática, borlas de algodón sus cabellos, verde menta suave su largo chal.

—Ay, doña Lena, usté, sí, ya no la amuela —exclama Modesta, azotando la cazuela del caldo en el fregadero.

—¿Amuela? ¡Qué le va a amolar! Ella piensa que el mundo está esperándola —corea la *bobe*, salida del encantamiento de los recuerdos, con una fiereza que me deja inerme.

—Pus ya no hay comida, doña Lena, ya se enfrió.

—Que no coma, doerme todo día y no come.

—Caldito… quere caldito… —murmura la *tutta* Lena, sin haber oído nada y se sienta a la mesa.

La *bobe* ignora rotundamente a la *tutta* Lena y se me acerca y me toma de las manos.

—¿Cómo estás de denero, hija?

—Bien, *bobe*. Denle un caldito a la *tutta* Lena —contesto, tratando de ordenar las coordenadas de esta tarde, en la súbita vuelta de tuerca que provoca la aparición de la hermana mayor de la abuela.

—Hija, cásate otra vez —me espeta de bote pronto mi abuela, como si esta idea hubiera estado esperando una grieta para colarse durante toda la conversación.

—Ya te platicaré, *bobe* —me levanto, en un resorte, con focos rojos en mi cerebro. Debo emprender la huida en este mismo momento.

—Sí, hija. Vamos a platicar como dos viejas amigas.

Me despido abrazándola, con una mezcla tan entramada de emociones que no sé cuál es la que priva.

Me acerco a tentar los cabellos de la *tutta* Lena que casi se me evaporan azulosos en las manos, como algodón de azúcar, mientras Modesta le pone, con iracundia, el plato de caldo que se derrama a medias sobre el mantel.

—Ah… caldito, gracias, hija —murmura la *tutta* Lena. Ante mis azorados ojos, la *bobe* menea hostilmente la cabeza, y suspira.

Afuera, el viento se me viene a los ojos. Un viento tieso. Un lápiz recto sobre la mirada. Voy a encontrarme con mi criminal. A hundirme en un abrazo que necesito ahora más que antes.

No para la felicidad. No sé bien para qué.

# Segundo tiempo

## 1

A veces, el corazón es un arco japonés que se ha perfeccionado tanto, tanto, tanto, con los años, que nunca da en el blanco. O ya no necesita lanzar esa flecha; o, cuando la lanza, el blanco ya se ha desvanecido entre la bruma, entre la lluvia, las lágrimas, la desesperación, la espera, cielos taciturnos y luminosos que van pasando la página.

Cuando quieres morir no mueres; cuando quieres vivir, ya hay que prepararse para el postrero día.

Apenas tensas el arco, ya estás mirando el techo azulísimo del cielo, algunas ralas nubes como arpegios del piano; sabes que el trocito de uña que divisas no se acabará, que es mentira su oscuridad a medias, menguante, creciente, porque detrás, el permanente sol le da su abrigo.

Pero tú, tú sí que tienes un destino firmado, y no quisieras. Por eso la memoria, por eso. Traer de vuelta y macerar, entre palabras, la memoria, pensar y decir y escribir donde quiera que el aire lo permita.

Por eso, volver al samovar. A los criminales que nos doblan en un arco y a los naufragios paralelos.

## 2

A la mesa de la cocina, Anna y Lena. Junto a la estufa, Modesta y Barista, una de las infinitas sobrinas de María, escuchan el programa *Casos de la vida real* en la radio. El aparato es grande, negro, pesado, en su lugar de honor.

No hay forma de detener esta escena, aunque el eje de la tierra haya girado dieciocho mil doscientos cincuenta veces, borrando entre parpadeos, el ajuar de fotografías que nunca tomé y que ahora me tocan a la puerta, con sus aires de samovar.

Llego con mi fresca prisa y me siento de inmediato, haciendo los honores a la *tutta* Lena, como si quisiera reparar los desaires que recibió ante mis ojos el miércoles pasado. Yo no sabía que la *tutta* Lena se había venido a vivir con la abuela desde hacía casi un año. Entre sus dos hijos, ya ancianos, se la habían capoteado, hasta que, como por arte de magia, sin mucha explicación, se había aposentado, previo acuerdo económico, en una de las tres recámaras del departamento que renta la *bobe* con su exigua pensión.

—¿Cómo estás, *tutta*?

—No doermo, hija. No siento bien. Es una gran cosa la edad. Es una gran edad.

Mientras me deslumbro ante estas breves frases, tan contundentes como metafóricas, producidas por la imperfección de su español que viene emergiendo del idish y del ruso, aparece la lanza de la abuela, con su lobo feroz:

—Todo el día se pasa quejando, todo el día, hija, vuelvo loca. Anda, come, Lena.

Anna sirve la sopa, porque Modesta no se despega del aparato de radio, junto al que come tranquilamente.

Lena se tarda unos segundos en llevar la mano a la cuchara.

—Pues no comas —se adelanta Anna, y le quita el plato.

Abro mucho los ojos, pero la boca se me queda cerrada. Tengo miedo de interferir en este drama que no atino a comprender.

—A ésta la embaucó el patrón —dice Modesta, desde su lugar—. Yo ya sé lo que va a decir el locutor: "Acusada de un crimen que no cometió".

33

En efecto, el locutor comenta el caso de la vida real y dice: "Acusada de un crimen que no cometió". Barista, la sobrina, ve con admiración a Modesta.

—Que aprenda, que le sirva de lección para que no se deje —sentencia Modesta.

Mientras Modesta se anticipa comentando cada caso, el silencio es un hielo entre la *bobe* Anna y la *tutta* Lena. En realidad, la *tutta* Lena está meciéndose dormida en su silla.

Debo abrirme paso en este trance, no encuentro algo mejor que decir:

—¿Qué hace la aspiradora ahí, estorbando?

—Vino siñor de aspiradora —dice, finalmente, la *bobe*, devorando su trocito de arenque.

—Mira, me trajo una medallita —exclama Modesta con la oreja parada y se levanta para mostrarme un colgante con la imagen de la Virgen de Guadalupe. Sus gruesos lentes resplandecen en mis ojos.

—No trajo a ti, Modesta, trajo a mí. Acepté por no ofender, hija. Él no sabe de mí y yo dijo que soy religuión ortodoxa rusa, pero mi patria es México. Aquí tomo pan y aquí van a enterrar, ¿o no? De Rusia no sé nada y no quiero saber nada de nada. Eso le gustó a él. No quería ofender a siñor. Pero cuando se fue, regalé medalla a Modesta. Todas religuiones son iguales, hija, ritos diferentes, pero son lo mismo.

—Son lo mismo, Tatiana, todas son iguales. Por eso mi virgencita es mi virgencita —dice Modesta besando la medalla y regresa a su puesto en la radio.

Estoy a la expectativa. Me cautiva entrar en ese pozo de aguas vivas de la abuela. Sus amores, sus lágrimas que quedan suspendidas como reflejos de oro en los aires del antecomedor. Y la compañía de Modesta con su feliz amargura, cosida a Anna, hermanada contra la *tutta* Lena, que hila sueños con las borlas de azúcar de su pelo casi azul de tan blanco.

# 3

Afuera de este soleado departamento, se extiende oblicuamente la avenida de palmeras, y suben los ruidos de la ciudad. La ciudad donde me encuentro con mi criminal, cada tantos días, de cada tantas horas.

A veces, en el piso más alto de algún hotel de la Zona Rosa, para acompañar con martinis helados nuestras fechorías, y darnos un baño de tina juntos; el criminal enjabonándome cada uno de los dedos de los pies.

Otras, en mi covacha de la Roma, llena de macetas de palmas y helechos, y sembrada de cojines bordados en Oaxaca.

También aterrizamos en algún motel de la Florida o de la carretera a Toluca para sentirnos amantes de noveletas *comme il faut*. Como cuando Javier, entonces mi marido, nos sorprendió, espiándonos desde la ventana.

Yo regresaba de hacer un reportaje sobre el Triángulo del Sol que empezaría a publicitarse en grande en el estado de Guerrero, para la Secretaría de Turismo. Ni las sombras de la noche pudieron ocultar el beso desaforado con el que despedí al criminal, ya habiendo bajado del coche y con la maleta afuera, desde la ventanilla. No era ningún chofer de la Secretaría de Turismo quien me había traído a casa.

¿Si le contara a la abuela quién es la Tatiana que está detrás de esta mirada que se perdió entre la anécdota de la aspiradora y los catorce hijos del técnico que le regaló la medallita?

—… catorce hijos no es gran idea para hoy, yo dijo a siñor, ¿volvió loco? Encuentro el pie para regresar en el tiempo:

—¿Cuántos hermanos tuviste, *bobe*? ¡Cuéntame!

Sí, la abuela hace un esfuerzo y acepta la invitación:

—Cuatro hombres, cuatro mujeres. Una hermana murió de seis años, atropelló tren. Mamá estaba sentada en mesa de comedor, y, en un segundo, todo su pelo volvió blanco. Yo vi. Blanco todo.

—¿Tú viste eso? ¿En el momento en que le dieron la noticia?

—No, antes, cuando tren atropelló a hermanita.

—Pero cómo, no entiendo…

—Mamá vio todo. No vio con ojos, hija, pero vio dentro de sí qué estaba pasando y pelo se hizo blanco. Uh, qué trrenzota negra tuvía, y puso todo, todo blanco. Yo vi. Estábamos comiendo. Después vinieron a darle noticia, pero pelo ya estaba todo blanco. Y otro hermano, de dos años, murió ahogado con dedal mientras mamá bordaba. Otros, no sé si viven o no. No supía más de ellos desde guerra. Sólo Lena. Aquí está. Queja todo el día y no come.

No sé cómo la *bobe* ha seguido masticando tranquilamente sus trozos de arenque mientras me cuenta este drama. Me he quedado helada, ardiente, otra vez helada, y finalmente, convertida en estatua que sólo parpadea.

—¿No has sabido nada de la familia que se quedó en Ucrania? —pregunto, emergiendo.

—Hace dos años, un amigo fue a Rusia. Yo mandé carta con él a un hermano que fue ministro en una ciudad, y ahora está en *checá*…

—¿*Checá*? ¿Qué es *checá*?

—¿No sabes qué es *checá*?

—No, no sé.

—Es *checá*. *Checá* es *checá*. *Guezúnterheit*, no sabe qué es *checá*. ¡Es *checá*!

—Ay, Tatiana, la *checá* es la *checá*, así era en Rusia, pero tú qué vas a saber, si a ti todo te salió regalado… —entra Modesta en defensa de la abuela—. ¡Ora sí que de veras *guezúnterheit*!

Las dos me han bendecido en idish, pero ninguna tiene palabras en español para explicarme lo que muchos años después vine a descubrir a través de un clic en Wikipedia: ChK — *Chrezvycháinaya Komíssiya*, «Comisión

36

Extraordinaria» fue la primera de las organizaciones de inteligencia política y militar soviética, creada el 20 de diciembre de 1917 por Feliks Dzerzhinski. La checá soviética sucedió a la antigua *Ojrana* zarista, cuya organización interna emuló. Su cometido era «suprimir y liquidar», con amplísimos poderes y casi sin límite legal alguno, todo acto «contrarrevolucionario» o «desviacionista».

No insistí, para continuar el hilo del relato:

—Ah, bueno... estaba tu hermano en la *checá*, y ¿luego?

—No aceptó carta, dijo "no tengo a nadie en el extranjero". Porque había testigos alrededor. No, no. Pensó que se mete en boca de lobo. Amigo se fue corriendo al hotel y quemó carta. Después de un rato, mi hermano quiso seguirlo, hablar con él. Pero amigo corrió más y desapareció. Y otra amiga fue también a Rusia, hace más tiempo, trajo noticias: papá murió de setentiocho años, de tifo; a mamá la atraparon los nazis a los ochentiséis y metieron viva a una fosa, junto con ciento cuarenta y nueve personas más del campo de concentratzión. ¡Enterraron viva! Manos seguían saliendo mientras echaban la tierra. ¡Bestias! ¡Bestias!

Está llorando. Alza las manos moviendo los dedos como si imitara a su propia madre tratando de salir de la tierra.

Conozco el Holocausto porque lo aprendí por obligación en la escuela. Pero no había sentido esta grieta que se abre bajo mis pies, por la que voy cayendo.


4


—Qué diablos es esto... —dice Javier, retándome, en la puerta, cuando apenas voy cruzando el umbral.

—Ya lo sabías, no finjas —le reviro el reto.

—¿Sabía? ¿Sabía? ¡Sabía qué, idiota!

37

—Primero, no me digas idiota, y segundo, no te hagas tú el idiota.

—¡No me vas a hacer a mí el idiota, idiota!

Siento la cara roja. No sé si más de ira o de vergüenza. Este matrimonio idiota que cometimos juntos debe terminar de una vez.

—¿Sabes qué? —empiezo a decir... pero como no sé cómo seguir, meneo la cabeza, me doy la media vuelta, con maleta y todo, y salgo de nuevo por donde entré.

El criminal está ahí, con las luces encendidas de su auto. Subo de nuevo. Arranca. ¿Hacia dónde? Me deposita en el hotel María Isabel en pleno Paseo de la Reforma. Me bebo sola las cuatro botellitas de vodka del minibar. Él ya está en su casa, como si nada. Yo, con las venas de mis sienes titilantes, contemplo desde el noveno piso el paso que estoy dando.

Esto fue seis meses antes, saltando de un matrimonio que nunca debió existir, entré en la fosa común. Mis dedos no hicieron demasiado esfuerzo para brotar de la tierra.

Ahora llevo dos años cayendo hacia un lugar que desconozco y mis dedos están paralizados.

# 5

—Ya, doña Anna, le va a hacer daño... —Modesta la regaña con su voz contundente. Modesta siempre parece estar herida, de una herida vieja, legítima, por eso su fuerza para que todo mundo obedezca—. Vaya a sentarse. Faltan las galletas para su ñeta.

El procedimiento de las galletas consiste en sacar de un frasco de vidrio, dos, y servirlas en un platito, junto con una servilleta, para acompañar el té. Las galletas son duras y extraordinariamente exquisitas, remojadas en caliente. Con un dejo dulce muy al fondo. La receta es secreto de Estado.

Anna retoma su relato, paladeando un bocado enorme de galleta que casi se le derrite en el vaso ardiente, mientras yo espero, con el corazón batiente todavía.

—Cuando tu tía Mina estudiaba en universidad la carrera de Psicología, un compañero suyo fue a Alemania, tenía tío allá, y robó documental de guerra. Volvió a México y Mina me invitó: ¿quieres ver pilícula de natzis? ¡Claro! Habían pasado veintiséis años, hija.

—¿Y la viste?

—Aguanté de los jabones hechos de grasa humana, hija, pero cuando vi catorce personas, amarrados pies y tapados ojos, puestas sobre las vías de tren y unos tanques pasaron sobre ellas, no podía más y desmayé. Otros, gritaban en sala: ¡quiten pilícula, quiten! No querían ver más.

—¿Cómo sabes que fueron catorce? —pregunto esto como si fuera lo importante y porque no sé qué más decir...

—Conté, hija. Uno por uno. Conté catorce.

—¿Y luego, qué pasó?

—Llevaron a enfermería. Pulso quitó. Corazón no aguantó. Y otros, tampoco. Unos mexicanos tampoco, tuvían corazones débiles, o nobles, hija. Tu tía Mina se arrepintió de llevarme. Por eso no quería ver *Holocausto* en televisión. Tu papá prohibió.

—¿Y cómo supo tu amiga lo que le pasó a tu mamá?

—Mamá tiene monumento con su nombre, junto con otros ciento cuarenta y nueve muertos, en Rusia. Amiga me confirmó. Dice en letras: "Batya Talésnika". Pregunté a rabino qué hago para conmemorar muerte, porque no sé fecha. Él dijo que sea día de *Yom Kipur*. Cada *Yom Kipur* enciendo vela para todos los muertos de familia que no sé fecha.

—Yo también pongo velas para mis muertitos de la Revolución, porque aquí también fue una pura matazón, no te creas —exclama Modesta, con un oído al gato y otro al garabato, en medio de una infidelidad pavorosa en el caso de la vida real que está escuchando con Barista.

39

—Odios son malos, hija, ya siéntense a comer ustedes… —insta a Modesta y a Barista

—Pérese, doña Anna, a ver qué hace la engañada.

La engañada ha derramado lágrimas de plata pura,
que llegan al corazón de Barista, como dardos. Pero yo no
puedo regresar a la cocina. Me he quedado en la grieta:

—*Bobe*, ¿había mucho antisemitismo en Rusia?

—Sí. No mucho mucho mucho… No dejaban entrar
a universidad. Pero vivíamos como reyes, trataron bien. Lo
malo es cuando llegaron bolcheviques.

—Sí —dice Modesta—, ahí empezó lo malo. Porque
cuando estaba Nicolás todo era muy bonito.

—Bueno, había ladrones y pleitos, como en todas partes, hija.

—Sí, eso es de siempre, pero los bolcheviques descom-
pusieron todo, Tatiana.

—Ya tía, no deja usté oír —dice Barista con los ojos
hinchados.

—Sshhhh… —bufa Modesta.

Anna está mirando el aparato de radio. Pero no es el
aparato de radio. Es una burbuja lenta que crece de la pared hacia la sala de tapices verde perla donde están rezando:

—Día que murió muñequita, mi Múschinka, llegando
de entierro tuvíamos que sentarnos para *shive*, pero bolcheviques ocuparon dos piezas de la casa, estudio y sala,
las más bonitas… ¡Qué espacios! Allí nos casamos todas las
hijas. Bodas gigantes de ciento cincuenta personas. *Jupá*
en jardín. No se usaba casarse en *shul*.

Dentro de la burbuja, nace otra, cuya ventana se expan-
de en un bing bang y suena la música, vienen las viandas.


# 6

Vestido color champaña, inmensa cola, diadema. Después del banquete, la joven Anna canta el himno ruso, el

himno israelita y viene la música idish combinada con mazurcas y valses vieneses. Gira en redondo entre aplausos y bendiciones.

Parece que salgo de un cuadro antiguo, porque ya estoy firmando mi nuevo nombre en una libreta muy grande. De ahora en adelante, llevo como apéndice el apellido de mi marido. Son las diez de la mañana de un martes en la colonia Doctores de la Ciudad de México. Mi vestido de novia es una túnica tehuana y, mi diadema, un collar de conchitas que yo misma tejí. Sólo estamos Javier y yo, y unos testigos prestados del mismo juzgado.

Javier y yo nos miramos como niños divertidos. Salimos a caminar. A entender qué habíamos hecho.

¿Puede uno entender qué ha hecho? Si así fuera nadie continuaría la vida. Se quedaría sentado mirando el futuro con la frente hacia el pasado. Tal vez la gracia de vivir sea no entender, rehacer la maleta y seguir adelante.

Algunos años después de toda esta historia, una amiga mía, muy querida entonces, me dijo cuando entró de mañana a mi casa y vio la copa estrellada contra la pared, el tiradero de colillas, los adornos del trinchador esparcidos en la alfombra, sonrió a medias y me preguntó… una pregunta que he repasado largamente, tratando de indagar el monto de ironía, compasión, ternura, indignación, reclamo, suficiencia, ayuda; cada uno de estos sustantivos, en su específico lugar dentro del tono de su voz:

—¿Cómo aguantas?

En su pregunta venía toda la trama de mi situación con el criminal que ella conocía bien, porque ya se la había explicado de diferentes maneras, con argumentos rebosantes que yo creía que bastaban para que ella me entendiera a la perfección.

Ante esa simple pregunta, que era la única importante, la que yo misma no hubiera podido hacerme, me quedé estupefacta. No miento al decir que una cascada de rocas se me vino encima, destruyendo todas mis fortificaciones, y me dejó desnuda ante mi propia respuesta:

—No sé… —le dije, mirando a mi alrededor los estragos de la casa, y depositando, al final, la vista en los ojos de mi amiga.

Ella se quedó unos segundos sorprendida, como si no esperara esta respuesta. Acto seguido, recobró su personalidad y me instó a apresurarme para la cita que teníamos.

—Arréglate, que ya es tardísimo.

Todavía no me he arreglado. Pienso con cierta sonrisa, en este momento en el que rememoro aquello. Aunque ya no siento que sea tarde para nada. El tiempo es un invento nuestro para desprestigiarnos.

# 7

La grúa revolvedora de concreto alza la pala, y, aunque no es verdad, porque no puede serlo, veo manos que se agitan sobresaliendo de la tierra excavada y escucho la súplica de sus dedos en un lenguaje perfectamente inteligible. No atino a saber si es ruso o idish, pero es tan nítido que me estremezco, alejándome, a la defensiva, de la imagen en la pantalla.

Una fosa común que contenía huesos de cientos de cuerpos fue descubierta durante la construcción sobre lo que solía ser el gueto de Brest, en la actual Bielorrusia. Restos humanos pertenecientes a hombres, mujeres y niños, así como ropa, zapatos y otros artículos personales fueron descubiertos en el sitio de construcción administrado por el contratista Pribuzhsky Kwartia.

El alcalde Alexander Rogachuk dijo que los huesos pertenecían a "víctimas de guetos", es decir, a los judíos encarcelados allí por los nazis durante el Holocausto.

Los nazis mataron a tres millones de civiles en Bielorrusia, de los cuales 800 000 eran judíos.

La construcción se suspendió en el sitio inmediato de la fosa.

Yo no me entero de esto, a pesar de que suelo estar informada en redes y noticias. No me entero, hasta tres meses después, cuando se difunde en algún noticiario europeo la ceremonia del entierro. Las notas son escuetas, casi pulcras en su régimen informativo, desnudas de toda exclamación:

> *Voluntarios en Bielorrusia dieron correcta sepultura a los restos de más de 1 000 víctimas del Holocausto cuyos cuerpos fueron descubiertos recientemente durante obras de construcción en la ciudad de Brest.*
>
> *El entierro fue realizado el 22 de mayo de 2019 por voluntarios de la organización de búsqueda y rescate judía ZAKA y supervisado por un rabino local de Jabad, informó el sitio web de noticias Jewish.ru. Los restos se colocaron en varios ataúdes y se enterraron en una ceremonia religiosa de sepultura judía.*

Asalto las imágenes de internet y es cuando "veo" las manos y "oigo" los dedos. Hay dos fotografías, contrastantes. La primera es el hallazgo de la fosa, fundamentalmente sepia oscura; entre la tierra, un pedazo de cráneo, una pelvis, huesos largos y cortos, todo como un cardumen en movimiento petrificado. Aunque es sólo una imagen, emana de ella la sensación de una marea, hay un impulso contenido a punto de brotar.

La segunda, es azul, ataúdes rectángulos en cinco hileras con la Estrella de David en la tapa, a punto de ser enterrados con honores. Nada se mueve. Es evidente que ya no hay un ápice de vida.

No entiendo cómo percibo las cosas al revés. Todavía me pregunto cómo no imaginé que algo así podría ocurrir cuando descubríamos juntas, mi abuela y yo, el destino del samovar aquellos miércoles por la tarde. Que casi cuarenta años después ella hubiera podido enterrar a su madre, que ya no pudiera ver ni oír esas manos saliendo de la tierra. ¿Habría preferido el reposo estático, el silencio absoluto?

Me da miedo no saber esta respuesta.

Toda historia es personal. Toda historia es absurda.


# 8

—Tu abuela es peor que una quinceañera —renace Modesta, porque se ha terminado la desgracia de la engañada en la radio. Barista suspira como caballo.

—*Meshúguene*... —sonríe Anna, recibiendo un leve rocío dorado sobre ella.

—¿Y la luna de miel, *bobe*? ¡Cuéntame! —no puedo evitar seguir esos rastros dorados que esparce la recién desposada hasta la cocina donde estamos sentadas, mirándonos las caras que miran dentro de los ojos, hacia el recuerdo vivo.

—Fue en Odessa. Quince días. Allí vivía una tía. Odessa, gran ciudad.

Las úes rusas entran por las ventanas, el frío se cuela y los murmullos de los abrigos se pegan a la piel.

—¿Te obligaron a enseñar la sábana con sangre?

—¡No! No acostumbramos sábana con sangre. Tengo anécdota... pero no, es fea.

La *bobe* sonríe con picardía.

—¡Cuéntamela, *bobe*, no seas mala!

—Ay, señora, quién se va a espantar —dice Modesta.

—No, no... Ya olvidé... Pero yo soy muy anecdotaria. Soy centro de reunión en bodas y fiestas. *Zeide* oía y corría lejos. Yo decía ¿se fue?, bueno, se fue. En la noche, él pregunta ¿qué contabas que todos corren al baño? Ya olvidé dicía yo, y él se durmía. Mira, hija, antes de casar, suegra dijo que yo tuvía que ir a *mikve*.

—¿Qué es eso?

44

—Pues donde se bañan con agua bendita. Ay, Tatiana, tú sí de veras… —me regaña Modesta.

Modesta sabe. Yo dije que sí fui, pero no, porque fui a casa de tía y allí me bañé. Llegué limpia y con pelo mojado. Suegra, feliz, regaló priciosa cadena de oro de tres vueltas. Y luego… —se sofoca entre carcajadas— y luego voy con tía y digo: te toca la mitad de cadena, por cómplice…

Suelto una larga cadena de oro de tres carcajadas que le dan la vuelta a la manzana en el tranquilo barrio de la Condesa.

Le doy algunos sorbos al té tibio, tomo un respiro, continúo:

—¿Y para qué es la *mikve*, *bobe*?

—Para qué… ¿preguntas? Yo qué sé, hija, así es.

—Sí —dice Modesta—, así es, y en todas partes es lo mismo. En Oaxaca las vírgenes también se bañan en el río y enseñan la sábana. Si todo está bien, les regalan flores, si no, todo lo regalan roto: cazuelas, trapos, colchas, todo roto…

—¿Y por qué no quisiste entrar en la *mikve*, *bobe*?

—¿Por qué? ¡Ni loca! ¿Voy a meter cabeza donde otros meten nalgas, se hacen pis y todo?

Reímos mucho. Hasta se despierta la *tutta* Lena, que saca de su seno una foto de su hija en Boston y una carta en ruso. Me las pone delante de los ojos. Pero la *bobe* Anna se las arrebata de la mano, diciendo, como si de eso hubiéramos estado hablando:

—Con bolcheviques ya no podíamos escribir a padres, llegaban cartas con todo tachado. En Segunda Guerra ya no escribimos porque no permitían correspondencia.

—Sí, porque en la Primera, usté todavía estaba allá, doña Anna —dice Modesta, secundándola. Yo apenas me repongo del giro abrupto de la conversación y del ninguneo a la *tutta* Lena.

—¿Te gustó *borscht*, hija? —se me adelanta la *bobe*, con mucha miel en la voz.

45

—Oh sí, muchísimo. ¿Por qué no lo probaste tú?

—*Borscht* lleva leche.

—¿Y qué?

—Para carne de res deben pasar seis horas; para pollo, cuatro después de leche.

—¿Por qué?

—¿Preguntas por qué? Así es, hija.

La *tutta* vuelve a dormitar.


# 9

Viene bajando el último hilo de la tarde. Tal vez el criminal está pidiendo el segundo coñac, luego de consultar por millonésima vez el reloj. Es el único poder que me ha quedado, pienso con un dejo de amarga travesura.

Hoy quiero seguir aquí, con una especie de asombro obsesionado, preguntándole a la abuela cosas que nunca me importaron, que parecían tan lejanas a mí como un planeta de otra galaxia.

—Ahora cuéntame de Boronsky, *bobe*...

—Él cortejaba, yo mandé a diablo. No quería saber nada de esa familia, porque gerente de banco que me salió casado y con hijos, era su primo. "Pero es hijo de rabino Boronsky", dijo papá. Yo dije: "a mí no me interesan rabinos, rabinos todos son ladrones". Papá pegó en cachete, todavía siento aquí golpe en cachete, hija.

—¿A qué te refieres con ladrones?

—*Gánev*... ¿cómo se dice, Modesta?

—Yo digo que como así, como mustios... —responde Modesta.

—¿Mustios? —repito.

—A mí no gustan moldes religuiosos, hija.

—Entonces por qué te casaste con él.

—¿Sabes cómo vivía yo? Tenía cuarenta y cinco pesos en bolsa. Ricuerdo tu mamá me dio los primeros quiñentos pesos que ganó en Universidad, nunca voy a olvidar, yo no tenía nada. Y dijo rabino: "Es decisión de Dios que cases con Boronsky, después de cincuenta y un años que mandaste a diablo". Boronsky sólo quería casar por religuión, pero tu mamá dijo no, la que cuenta es la civil. Y casamos por civil también. Tuvíamos, yo, sesentiocho años; él, setenta.

—¿Llegaron a conocerse tus dos maridos?

—Claro, hija, muy buenos amigos en México. Durmían en misma cama en Monterrey. Boronsky ayudó cuando *zeide* enfermó, regaló denero. Estuvía dos años enfermo.

—¿Y la esposa de Boronsky?

—Al año de moerta ella, él casó conmigo.

—¿Cómo te lo pidió?

—Ah, pidió y ya.

—Pues te llevó a Europa...

—Llevó Europa, regaló reloj para tu papá. A Uriel dio centenario de oro cuando cumplió quince años, ¿no ricuerdas, hija?

Pelusas en las pocas imágenes que retengo. Cuando abre la gran maleta del regreso de la luna de miel europea, mostrando las maravillas que le compró el nuevo marido y los regalitos para las hijas de él.

Se prueba el saquito azul, modelando ante el espejo de la gran recámara. Se pone el sombrero de mink y la estola. Extiende el vestido blanco de pliegues muy sutiles como largos pétalos. Salen bufandas, collares, cinturones, blusas, suvenires...

A Gerta y a mí nos deja con ojos llorosos. Eso sí lo recuerdo. Y con una comedida explicación de que no quiere provocar a las hijas para que no piensen que se casó por su dinero y que les quiere quitar la herencia. Son unas arpías pavorosas. Yo me trago el nudo que se me hace bola en el estómago y llego a la casa a quejarme con mi madre, entre lágrimas muy ardientes.

Tal vez mi madre me dijo algo así como "no sabes por lo que tiene que pasar", o "ay, qué barbaridad". En verdad no sé exactamente el contenido de su frase, pero la poca importancia que mostró por mis sentimientos ante ese hecho me dio cierta tranquilidad. Aunque, muy en el fondo, me sentí doblemente traicionada, ¿debería decir, abandonada?, por ambas.

—¿Cuánto tiempo duraron de casados? —vuelvo al momento, no tiene caso sacarle este pequeño drama a mi abuela, prefiero entrar en el suyo.

—Diez años, hija.

—¿Y sus hijas?

—Hijo acaba de matar a esposa, está desaparecido, tienda cerrada.

Apenas puedo con esta sorpresa, cuando la abuela se saca de la boca toda la dentadura postiza y en unas volteretas se la acomoda de nuevo.

—Quitaron todos dientes hace cuarenta años… —dice, ante mi doble parpadeo—. Agua mexicana. Yo no estuvía acostumbrada a esta agua. Sacaron todos de golpe. *Zeide* y tu papá no me dejaron ver en espejo. Tuvía que esperar seis semanas para cicatrización y luego pusieron postizo. No morí, todo lo contrario. Subí de peso por puro líquido. Pero vi en espejo, ya en casa. Casi desmayo. Ni modo.

Se levanta a recoger la mesa, tropezosamente.

—Ya no veo, hija, cataratas cuestan mucho. ¿Sabes cuánto cuestan anteojos de cataratas? Otro día fui a mercado, ¿sabes cuánto cuesta el kilo de pipinos? No alcanza nada, ni para mostaza en polvo. Semana pasada no hice mostaza, ¿sabes cuánto cuesta un frasquititito? Que diga Modesta.

—No, si por eso mis sobrinos están estudiando, una va para secretaria, otro va en turismo, el más grande está en medicina, y Blanca ya está en una editorial. Deje eso, doña Anna, yo lo lavo.

Anna se sienta de nuevo. Modesta me dice, casi con coquetería:

—Ay, le voy a pedir a tu papá cuando venga que hable en ruso con tu *bobe*, ¡suena tan bonito en las orejas!

Dejo a mi abuela con los codos sobre la mesa, la cara entre las manos, mirando su té, profundamente abatida.

La *tutta* Lena murmura sueños en su sillón frente a la ventana.

Afuera, en alguna cama de sábanas que pronto serán ardientes, el criminal sigue en espera de mi cuerpo joven.

# Tercer tiempo

## 1

Fueron muriendo, y con ellos, los idiomas. ¿Qué tienen las úes rusas que suenan en mí como el peregrino canto de los atrapasueños que tengo colgados en mis ventanas?

Algunos pueblos antiguos construían los atrapasueños atando hebras vegetales teñidas de rojo en el interior de una argolla circular o con forma de lágrima de madera, parecida a una telaraña. El atrapasueños, colgado sobre la cabecera de la cama, se usaba como hechizo para proteger a los niños de las pesadillas y de las visiones malignas. Creían que un atrapasueños filtraba los sueños de las personas, de manera que los buenos sueños pasaban por el centro hacia la persona que duerme mientras que los malos eran capturados por la malla y se desvanecían con el primer rayo de luz del amanecer. Ahora son formas del folclor y de sofisticación, y, sin haber renunciado a su sustancia original, los hay en muchas partes de México, con plumas y colgantes de todo tipo.

En algún festejo, no sé si fue mi cumpleaños o un fin de cursos, mis alumnos me celebraron con pastel y regalos. Recuerdo que llegué a casa cargada de envoltorios. Ya no supe de quién había sido una bolsa de papel con relleno de periódico. Cuando escarbé en el interior, y alcancé la punta para extraerlo cuan largo era, apareció este cazador de sueños entrechocando sus pequeñas figuras colgadas, y esparció una suerte de canción de campanarios diminutos, dulce y estremecedora. Supe que ahí había un lenguaje, ignoraba cuál y no hubiera podido descifrarlo, pero era tan hechizante como la cobra que danza ante el encantamiento del flautista.

¿Será que las úes del ruso me llevan hacia rincones de sueños que debo descifrar, finalmente?

No logro entender por qué fui perdiendo los idiomas, como si algo en mí naufragara. Murió el idish cuando murieron las abuelas. Murió el hebreo cuando murieron los abuelos. Murió el ruso cuando murió mi padre. Murió el polaco cuando murió mi madre. Tengo un español mexicano colgado de un árbol náhuatl durante una noche triste, tan triste, como la muerte de María.

Tengo las lentes de mi cámara. He tomado fotos de miles de paisajes y de rostros por casi todo el mundo.

Nunca tomé ninguna aquellos miércoles de oro.


# 2

La *tutta* Lena, en su bata rosa, sus peinetas y su pañoleta en la frente, parece muñequita europea de las que venden en los aeropuertos como suvenires. Modesta y Anna le dicen que se quite las peinetas, pero ella explica que se está enchinando el pelo para la fiesta de compromiso de su bisnieto. Se acurruca en la silla, al sol de la ventana.

Modesta ha bañado en tina a la *tutta*, y esto significa todo un acontecimiento.

—Por eso doy de comer mucho a Modesta, necesita foerza. Pero Lena es coda como pior yo no sé. Sí, hija, defectos acentúan con edad. No se puede sacar peras de olmo… —ríe, e inmediatamente, seria, agrega—. No sé cuánto coesta gas para calentar cuatro ollas, porque calentador descompuso. Ya, siéntate a comer.

He llegado antes de la hora, así que acompaño a la abuela a la recámara para que se ponga unas medias viejas, porque se acaba de bañar. Al fin que está en casa y nadie la ve. Sólo se baña dos veces a la semana porque mi papá le prohibió más, la debilita.

—¡Ay, hija, por nada de mundo pudía pagar el gusto que vienes a comer cada semana! Hice *yarkoie* chupa dedos.

Entrando en la cocina, la *tutta* Lena se tienta los mechones que salen de la pañoleta, y dice sonriendo:

—Cortaron muy mal pelo… pero bueno, ¿quién va a ver si no salgo de casa?

—Móevete y come, Lena —dice Anna con aspereza, y luego me sirve un buen plato de *yarkoie* humeante, ostentando la sonrisa más cariñosa del mundo.

Es obvio el doble trato. Pero no entro en polémica. Sólo observo, no sé si con mayor fascinación que estupor, esta especie de comedia de odios ancianos entre hermanas que han sobrevivido a lo inimaginable para que la muerte las espere lado a lado en un acogedor departamento, en el país cuyo nombre no sabrían pronunciar.

## 3

Emergiendo de las sábanas, le cuento al criminal los salpicados diálogos de las comidas en casa de la abuela.

La tina del hotel Baltimore se llena de burbujas porque no he parado de hablar. Es uno de los refugios que solemos frecuentar en la colonia Escandón. Un barrio que fue señorial con casas casi solitarias de las que sobresalen viejos álamos. Tenemos las cortinas descorridas, el cristal es ahumado y el crepúsculo se desliza desde el cuarto piso con una tristeza de tarde mustia en los techos de las casas. Me gusta retar con mi desnudez, desafiar los horarios, roerle al acomodo algunos de sus huesos y comerme las espinas del pescado en las esquinas de las horas. Mis ojos buscan las rendijas, meten el dedo en lo inmirado para atraparlo en un clic.

El chardonnay Veneto Cadis se ha entibiado entre la tina. El criminal me mira con picardía y condescendencia, tratando de reconocer qué hay detrás de ese pacto de los miércoles con una abuela a la que nunca antes había mencionado.

En un tris, ya estamos enfrascados en la sorda despedida con las consabidas explicaciones que me hacen saltar fuera del agua. No hay fuerza del criminal que me detenga para quitarme la toalla a la que me aferro.

—Oh, pues. Ya sé que vives hasta Echegaray y que tienen cena en tu casa — repito su frase dando zancadas hacia mi ropa que está esparcida en el suelo. La garganta es un pez amargo.

Soy, en ese momento, una desconocida para mí.

# 4

Entro por la puerta grande. Tengo hambre de miércoles. Estar en ese espacio donde el tiempo es una espiral y las frases caen como dardos en las pequeñas cosas diarias. Ahí voy sintiéndome más real que en ninguna otra parte. De alguna extraña manera, más libre que en ninguna otra parte.

Para abrir boca, llego con la noticia del atentado nazi en la sinagoga de París, que es la noticia del día, con el periódico abierto. "Desde el barón de Rothschild hasta el partido comunista; esto es, desde la derecha hasta la izquierda, más todos los sindicatos, los movimientos sociales, organizaciones humanistas, confesionales, grupos de extrema izquierda o, simplemente, todo el pueblo francés, estaban representados ayer en la manifestación más unánime que ha conocido Francia después de la liberación. El antirracismo y, en consecuencia, la defensa de la democracia fue el banderín de enganche de esta movilización que recorrió, al final del día, el itinerario tradicional de la izquierda francesa: de la plaza de la Bastilla a la de la Nación. Este desfile agudiza todas las inquietudes que ha despertado en Francia el renacimiento nazi tras el atentado antijudío que, el pasado viernes, ocasionó cuatro muertos en una sinagoga parisiense".

—¡Ah, qué sinagoga! —exclama Anna, como si no hubiera oído del atentado— La sinagoga de Rothschild, yo conocí muy bien.

—Cuándo, ¿la primera vez que estuviste en París, huyendo de Rusia?

—¡No! —grita Modesta desde la cocina, con una autoridad casi militar— ¿No ves que entonces no existía esa sinagoga?

—Primer vez, con hermano David, no fuimos a ninguna sinagoga. Él era persona normal de esta época, no tuvía necesidad de ir a sinagoga. Deja te cuente, hija. Primer vez en mi vida fui a salón de belleza, en París. Hicieron permanente y pusieron mis trrenzas en caja con moño. Tu papá era chico y gritó: "¡qué te hiciste, papá te va a matar!". Yo dije: "No se usan trrenzas ya". Papá mató, hija…

Río, porque ya me ha contado esta anécdota, que siempre es deliciosa. Pero la *bobe* no escucha mi risa, gira la mirada y ya está entrando en la sinagoga de Rothschild:

—Tapices de terciopelos rojos, diez *torás*, como tres millones costó…

No he estado en París. Es un viaje que hemos planeado el criminal y yo. En algún momento pasearemos por Champs Elysées y probaremos el desparpajo de los vinos en los que meteremos los dedos para acariciarnos los labios antes de cada beso. En algún momento, el criminal embestirá con toda alevosía y ventaja la estocada mayúscula. Cuentan que en los centros nocturnos de París las mujeres se desnudan y los ojos de los hombres las persiguen por la pista como si fueran luciérnagas valseando en una ola oscura.

Yo soy una de ellas, a horcajadas sobre el macho. Él trata de erguirse, pero se golpea contra la lámpara de piso que cuelga demasiado a la derecha y ¡plop! se acaba el ensueño de nuestra escapada parisina, no hay forma de movernos a gusto en ese sofá pegado a la pared del departamento. Por eso inventamos lugares donde nadie vive, sólo se va de paso, dejando aromas intensos y furtivos.

—Aquí no hay ricos judíos como allá en París para hacer cosas así. Pero, gracias Dios, aquí es bonito, no pasan esas horriblerías... —continúa Anna, y ambas reaparecemos en el comedor.

La *tutta* Lena murmura sobre su plato:

—No, no comprrendo cómo natzis en Francia y no en Alemania...

—Tú cállate, Lena, bestias hay en todo mundo. Yo anduvía por todo mundo: Londres, Ámsterdam, Italia. En Israel cuatro veces, y la última por cinco meses. En París, Boronsky y amigo durmieron en Hotel Odessa, cercano a *shul* para ir en sábado y no tomar taxi. Pero yo y esposa fuimos en taxi, qué te crees, hija. Comimos en restorán de rabino. Él no quiso aceptar denero en sábado. Y Boronsky y amigo dijeron: "Pero no nos conoce", y rabino dijo: "No importa, si durmían en hotel cercano a *shul* para ir a rezar, valen la pena, se puede fiar". En la noche, pasado el *shabes*, llevaron el denero a rabino. No era malo el viejo, sólo yo pudía aguantar diez años casada con él, sólo *bobe* pudo. Pero no era malo viejo...

—¡No, él no! —grita Modesta—. Se veía déspota, pero ya tratándolo no era malo. Mala la hija, bruja de veras. Me insultaba porque decía que yo le mandaba la comida a tus papás. Bruja asquerosa.

—Bruja pior que bruja, hija. Pero deja te cuente, en barco a Israel, encontramos a Bela y a Ben, amigos desde Shmérinka. Vivían en Nueva York. Yo entré a boutique de barco y oyí conversaciones de viejas que venían de Brooklyn y decían hablar más inglés que idish, presumidas, porque barco era idish. Entonces oí voz de Bela que decía no, en Brooklyn hay más judíos que en Nueva York. Y reconozco a Bela, y me ve y dice: "¿Es diablo o es mujer?"

—¡Cómo! ¿No se habían visto desde Shmérinka, cuarenta años atrás?

—Así es, hija. Nos llevó a su búngalo de barco, prrimoroso de lujo. Allí fue fiesta aniversario de boda de ellos. Yo mandé pastel y vino. Pidimos a camarero, que era ruso judío, nos cuidara todo el tiempo. Boronsky recompensó con cien dólares por atenciones. Bela era mi amiga de primaria.

—¿Y se han vuelto a ver?

—Van a venir a México, quiere volver a verme antes de murir.

—Por eso me opero el lunes de glaucoma —dice Modesta—, para estar pronto bien y atender a los invitados.

—¿Glaucoma? —exclamo, pero la *bobe* se adelanta retomando el pasado:

—En Israel compramos búngalo, en Arad, junto a mar, para asmáticos, para vivir uno o dos meses cada año. Y casa en Tel Aviv. Muebles y todo. Y regresamos a México para hacer últimos arreglos. Y tuvíamos boletos de avión de vuelta para ir a vivir a Israel. Todo vendimos aquí. Dos semanas antes, en *shul*, rabino anuncia guerra de *Yom Kipur*. Boronsky desmaya allí mismo. Llevan a hospital. Me lo regresaron moerto, hija… Yo sólo quedé con tercera parte de la casa de Tel Aviv, porque casamos en separación de bienes, nada tonto, hija. Prometió coche y chofer en Israel, pero no aquí, por envidia de hijos. Desgraciados, dieron a mí lo mínimo. Él compró anillos, broches, mink, reloj, capa. No era malo viejo. En el barco, camarero pidió que pasáramos vestido de novia para hija y sábanas, porque a los del búngalo principal no revisan equipaje. Llevé varios mandados, hasta abrigo de mink de una siñora que pidió favor.

—¿Sí hubieras querido irte a vivir a Israel?

—Sí. Pero ahora tengo que vender joyas porque no alcanza denero, bajó interés de banco, todo carisisísimo.

—Pero viajaste mucho, *bobe*...

—Fui a Casa Blanca en Nueva York. Pedí a guía me sube en elevador porque son muchas scaleras. Dios, lo que hay allí, Dios santo, diez vitrinas, dieciséis sillas, candeleros. Copié en papelito diseño de comedor y pedí a carpintero, ¿cómo se llama carpintero, Modesta?

—Cervantes.

—Cervantes, sí, y dijo, para hacer suyo comedor, con cuatro vitrinas basta, siñora, no necesitamos diez. Para qué te digo lo que hay. Empire State, fui. Subí hasta piso noventa. Estoy en nubes, no, no pudía subir más. Esperé a Boronsky y amigos en el noventa. Boronsky hacía lo que amigos querían. Era muy sociable. Hacía fiestas con amigos del *shul* hasta para cuarenta personas. Una noche de sábado en París costó mil dólares. Y en tienda de París hizo apuesta con vendedor, porque vendedor dijo: "Aquí hay todo", y Boronsky dijo: "Apoesto mil dólares que no todo, quiero un *tálit*", y ganó apoesta.

El *tálit* con el que envuelven a los hombres santos, como mi abuelo. El blanco manto listado de azul con el que se cubren delante del Creador. El manto que es como una paloma solemne que entra en las casas judías acompañando cada ceremonia de vida y de muerte.

—¿Compota es de boenas manzanas? —pregunta la *tutta* Lena, con la cuchara en la mano, quebrando la paloma furtiva de mi pensamiento.

—¡Claro! —grita la abuela.

—Con razón tan rica... —murmura la *tutta* Lena, mirando su plato.

—Mi hermana no es tonta, nada tonta, dice qué rica por boenas manzanas.

Tontas nos hace a nosotras, pero ella no es.

Las dos se levantan por más compota, como en cámara lenta. Fantasmas vestidos de muñecas, baberos multicolores, nubecitas deslizándose por la cocina.

Modesta aprovecha para contar lo del ratón horneado.

—Es que a tu *bobe* se le atoró el babero en el horno, y sin darnos cuenta se quedó abierto y se metió un ratón. No, tu *bobe* estaba enojadísima, ¿verdad, señora?

—Enojadísima es poco, ya vete a bañar. Modesta se baña en misma tina de nosotras —me explica—. Yo dejo bañar, hija, es limpia, no está con hombres. Arriba en azotea es sucio, ¿por qué no? Lleva veintisiete años trabajando aquí. Ha dado vida y fuerzas, hace cosas que nadien otro hace, nos baña y todo, gana a "cáquele". Hay que tomar en cuenta todo eso, hija.

Ahora es la *bobe* la que le sirve de comer a Modesta, y Modesta, sentada, regaña a la *tutta* Lena porque deja que se enfríe la comida en el plato, "al fin que ya sabe quién se la va a calentar". Pero no se mueve de su banco en la cocina, junto a la estufa.

En la radio tocan el Himno Nacional.

—¡Ay, cómo gusta a mí Himno Nacional, hija! —suspira la abuela, cerrando los ojos—. Sufrí bastante.


# 5

Es todo blanco. Las toallas, los azulejos, la tina y un gran cepillo de cuerpo. Montones de frasquitos de colores y un perfume infantil, que me produce una mezcla de dulzura con melancolía.

Me siento en el borde de la tina, contemplando ese santuario de mujeres que no han sido tocadas quién sabe cuánto atrás. No sé cómo, las manos se me adelantan, y en un abrir de ropa, mis dedos se han apropiado de ese punto de luz que llevo entre las piernas.

El cuerpo todo se desliza acomodándose en la tina. El trance es fulminante.

Pero la convalecencia se alarga, como si algo en el aire de ese baño tuviera algún hechizo.

Los toquidos me despiertan. Se preocuparon. ¿Estoy bien? Había yo dicho que pasaría al baño antes de despedirme. Me recompongo en unos segundos, me echo agua en la cara y me lavo profusamente las manos.

Salgo con la mirada huidiza y el sonrojo inocultable.

—Ay, Tatiana, yo no sé de veras, tú siempre con tus cosas...

Siento en la espalda las sonrisas de las tres ancianas como si me acompañaran hasta la salida.

Y siguen hasta la calle. Y más, más allá todavía.

# Cuarto tiempo

## 1

Abrí el libro de derecha a izquierda, con una familiaridad atávica. Y mis ojos cayeron en el título del primer capítulo, en idish, escrito con letras hebreas. Una flor enloquecida brotó de una semilla enterrada en el fondo de mi cerebro. Un fondo cuyo extremo me era irreconocible, pero, a la vez, prístino. Un fondo de raíces tan largas y arraigadas en mis células nerviosas, que se incendiaron todas al unísono, revelándome el código de las palabras, aunque no pudiera yo reproducirlas.

"Dos antloifn", leí una vez y parpadeé y ese sonido se repitió dentro de mí como un gong por todo el cuerpo. Y leí otra vez como si me faltara el aire, con una necesidad de recuperar un aliento súbitamente extraviado.

¿Es posible describir qué se siente recobrar un idioma que se creyó perdido?

Y con ese idioma, un mundo; con ese mundo, el propio mundo.

No creo tener esa capacidad. Sólo puedo decir que en esas dos primeras palabras que leí en idish, escritas en caracteres hebreos, exhumé a todos mis muertos. Los abuelos rusos y los abuelos polacos. Mis padres, mis tíos, mis maestros. El aroma de las casas, los jardines, los panes y las compotas, las cajitas de música, los chales, los libros de pasta dura en sus libreros de madera... los miércoles, todos los miércoles en el antecomedor viajando entre naufragios para recobrar el viejo y oxidado samovar. Todo de golpe, recuperado y unánime, cuarenta años después.

Me quedé muda. Los organizadores me esperaban con el micrófono listo para inaugurar la exposición. Yo era una de las principales invitadas a la Primera Muestra de Fotografía Latinoamericana en la prestigiada Galería Andrea Meislin, en Nueva York, enfocada en fotógrafos reconocidos internacionalmente, cuyo trabajo contribuye al diálogo basado en la diáspora tanto a nivel nacional como internacional. La galería descubre y presenta a importantes artistas israelíes, y trae artistas establecidos a Nueva York por primera vez. Fui la única representante mexicana y había expectación por mis imágenes de un estilo subjetivo y a la vez social, lo que constituye una de mis singulares características.

En el vestíbulo se extendía una mesa de mantel color vino con algunos ejemplares de colección en diferentes idiomas. Me había acercado, movida por el olor y la textura que recordaba de los libros viejos en los libreros de las casas de mis abuelos y luego de mis padres. Mis manos tomaron el que tenía caracteres hebreos pintados en azul sobre un fondo sepia. Y lo abrí. Entonces, fue lo que he contado.

La gente me miró con extrañeza. Luego, con impaciencia. No me salían las palabras. Respiré muy profundo. Quise emitir la primera frase de agradecimiento, pero se me escapó un sollozo. Ante los ojos expectantes del público que ya empezaba a murmurar entre sí, alcancé a balbucir:

—Entendí el idioma escrito… —y las lágrimas me rodaron suavemente por las mejillas.

Esta escena quedó plasmada en los medios digitales que cubren la fuente el miércoles 22 de mayo de 2019, así fue que mis hijas se enteraron, en diferentes partes del mundo, y me enviaron muchos corazones por el teléfono móvil.

Entendí que no había perdido a nadie. Que mi abuela Anna vivía en el idioma, que en ese libro abierto al azar estaba vivo todo un mundo, con su gente y sus aromas, sus nostalgias y sus bailes, ahí se encontraban mis padres, la *tutta* Lena, incluso Modesta, María y todas sus sobrinas, porque formaron parte sustancial de las historias compartidas.

De repente, me había llenado de mundo, me sentía pletórica, abrumada de seres y de vivencias.

Hasta el criminal había cruzado de nuevo con su daga febril en medio de mi pecho.

En el idioma resplandecía perenne el color de la jacaranda y el sabor ardiente del samovar.

## 2

Llego a la comida disculpándome por el retraso, casi a las tres de la tarde. Me ha retenido una serie de fotografías al zoológico de Chapultepec, estampas divertidas de los pobres animales y entrevistas a los cuidadores.

Mis dotes para "encontrar ángulos correctos nunca antes vistos en lugares públicos y la habilidad para las descripciones sucintas en la prosa", me valen los contratos con diferentes dependencias del gobierno, dicen mis colegas. Prescindo de títulos académicos, pero he estudiado mano a mano con muchos de los grandes maestros.

—No es una desgracia —dice la *bobe*, y dándome la espalda se apresura a calentar la comida—. Pero comes aprisa, voy a trabajar con Damas Pioneras.

—¿Vas a trabajar? ¿A dónde?

Me sorprendo de saber que no sé casi nada de mi abuela.

—Cada año organizamos bazar —dice sirviéndome las croquetas de pollo con chucrut—, tiendas de gran prestigio nos dan artículos y vendemos durante tres días. Damos comida a quinientos pesos boleto, y hay desfile de modas. Contratamos a un francés para que exhiba vestidos. Él no vende, sólo exhibe. Modas divinas, hija. Más de doscientos vestidos. Van como mil mujeres. Un vez, viejo Boronsky compró a mí uno de los vestidos, pagó mil cien pesos, porque regateó, costaba mil doscientos pesos. Todavía uso, hija, muy bueno para este invierno. Es beige con abrigo. Amigas volvieron locas…

—¿Y qué hacen con el dinero?

—Denero es para dos casas de asistencia para niños en Israel. Damas Pioneras compró casas, un millón de pesos año pasado. Nombramos a una dama para que lleve derectamente a Israel, porque con gobierno no se puede hacer. Año pasado, inspector pidió cinco mil pesos mordida para que se callara boca y dejara bazar. Permiso legal cuesta mucho denero, hija.

—A ver, platícame qué son las Damas Pioneras…

—Tátiele, hija, *guezúnterheit*, no sabes nada de nada, *guezúnterheit* —exclama con paciencia bendiciéndome, al tiempo que me ofrece el postre de zapote.

Toda mi vida he querido no saber nada de todo esto. En realidad, no me explico todavía por qué mi abuela ejerce en mí ese poder de atracción desde nuestro pacto bajo las jacarandas. Me casé con el amigo del amigo de una amiga con el que salí un día, porque tenía dos preciadas virtudes: no ser judío y trabajar de capitán de meseros en un bar de la Zona Rosa. Nada mejor para poner mi mundo al revés. En menos de ocho meses ya me había divorciado para caer en manos de un criminal, que no hace sino torturarme lenta y puntualmente bajo mi supervisión y mi complacencia.

Ya va explicándome con peras y manzanas que se trata de una organización internacional. Que la sede en México está en las calles de Vicente Suárez, donde se reúnen para abrir una tienda de ropa usada todos los jueves. Ahí les compran los mexicanos pobres. Ella trabaja desde hace cuarenta y cinco años allí. Los lunes tienen junta y los jueves se turnan la atención en la tienda. Son la más antigua generación de Damas Pioneras, la primera que existió. Su grupo se llama "Jane", en memoria de una de sus "martirias".

—¿Una qué?

—Una martiria, hija, sufrió bastante.

—¡Ah, una mártir! ¿Qué hizo? ¡Cuéntame!

—Es una larga historia. Mejor presto libro. Uy… pero no encuentro el libro desde hace mucho…

—Mejor tú platícame, *bobe*, dices que no sé nada, y sí es cierto. ¡Por eso quiero saber!

—Otro día, hija, es larga la historia. Ahorita tengo prisa.

—¡Por favor, una síntesis!

—Jane se hizo amiga de portero de campo de concentratzión, la dejaba salir y entrar. Ella metía armas al campo, en Varsovia.

—Se hizo su amante, quieres decir…

—No, amiga. Daba cigarros, vodka. No dormía con ellos.

Decido no discutir con mi abuela sobre el término, porque, ¿tendría algún sentido? En mí, hay morbo; en ella, tragedia.

—Entiendo…

—Cuando iban a matar a todos, no se dejaron como boreguitos, "¿vas a cámara de gas?", "voy a cámara de gas"; "¿vas a horno crematorio?", "voy a horno crematorio"… No, Jane y otros judíos dispararon, mataron cuarenta y dos natzis. Doce de ellos murieron, pero Jane se salvó. Fue a Israel con madre, vivieron en azotea. Yo estuvía allí y di doscientos dólares.

—¿Y luego? ¿Qué pasó con Jane?

—Regresó después de guerra a buscar a su novio, a Varsovia. Un natzi reconoció y mató junto con novio.

# 3

Una eternidad. Sus labios se abren paso entre los míos, su lengua es una leve serpiente soltando todo su veneno en el centro justo de la diminuta manzana que late entre mis piernas. Ahí se queda, una eternidad de tardes. Soy una Eva terrible, incapaz de erguirme, con la grupa disponible para que el criminal me desgobierne por completo.

—Te voy a introducir esta aceituna, espera, no te asustes.

Es catador de vinos. Quiere beber mi vino, el que produce mi deseo. Dice que la aceituna adquirirá mi sabor, que es una mezcla suavizada de acidez con aroma de sándalo. Dice que a veces mi vulva huele a esencia de tomillo y que si la saboreamos con un racimo de uvas tendremos un banquete.

Dice que tuvo una mujer que olía a lirio y que lo mareaba.

Mete la aceituna y la macera entre mis jugos. Me arqueo hacia atrás con la mirada en el abismo. Él no se despeina siquiera. Finalmente extrae su tesoro y me lo pone delante de la nariz:

—Prueba —me dice.

Toco la aceituna con la punta de mi lengua. Estoy febril. La retira y se la lleva a la boca. La disfruta largamente, entrecerrando los ojos.

—Tatiana en un bocado de aceituna —exhala.

## 4

Antes yo era libre. Era casada, pero me sentía libre. Ahora ya no estoy casada, pero soy la sierva de un criminal. No entiendo en qué momento se cambiaron los papeles.

Él es el mismo. Antes y ahora.

Mientras yo estoy devanándome con estos pensamientos, una valiente joven se defendió de los nazis y murió junto a su amado. Siento que mi abuela puede ver las escenas que traigo en la cabeza. A veces creo que ni las imagina y me apena que se haya perdido de estos deliquios.

Otras, me avergüenza mi ligereza y mi impudicia, delante de los grandes retos de la vida. ¿Qué soy yo a los veintisiete años? ¿Una aceituna macerada en sus propios humores para deleite de un macho que ni siquiera es suyo?

—… Y en Froyen Farein llevo treinta y ocho años trabajando —la *bobe* ha continuado la historia de sus logros en México.

—¿Qué es eso? —regreso a ella.

—Una organización para judíos pobres.

—¿Hay judíos pobres en México? —pregunto con extrañeza.

—Muchos, hija. Van a oficina por denero. Ochocientos pesos para hombres solos, dos mil quiñentos para familias. Hacemos colecta. Nombraron a mí Madre del Año, y van a hacer homenaje.

—¿De veras? ¡Madre del Año!

La *bobe* salta de pronto, ha descubierto en la esquina de la mesa un platito cubierto con una servilleta. Lo coge y me lo muestra, muy exaltada:

—¡Mira!, ¡mira qué hace! Todo el día guarda platitos de sobras, desde desayuno, y deja por todas esquinas. Va comiendo poco a poco, como pajarito. No, no, hija, faltan foerzas. Lena no tiene esquemas en mi casa…

Bota el plato al fregadero, mientras hace su aparición la *tutta* Lena, lentísima como siempre, se dirige hacia mí tentándose el cabello.

—Corté pelo, hija, no aguantaba en cuello. Antes sí, pelo largo siempre muy bonito, dorado…

—Hablas y hablas y no comes —exclama Anna.

—Pero… tuvías prisa… no te pones ropa de salir —murmura la *tutta* Lena.

—Si Tatia pregunta, hay que contestar, sienta y come de un vez.

La *tutta* Lena se sienta delante de su plato de zapote. Da una cucharada muy lenta y luego lo recorre hacia la esquina, tapado con una servilleta. Anna enfurece:

—¡Tira eso!, ¡va a caer!

—No, no cae, está bien poesto —murmura la *tutta* Lena, sonriente.

—¡Va a caer zapote!

—No, no cae zapote.

—Mira, pedazo de naranja que guardas desde noche en otra esquina... ¡Tiras o yo tiro! —bufa la *bobe* mostrándole otro plato con sobras.

—Sí, sí, yo tiro, pero no es noche, es de desayuno...

—¡*Veis mier*! ¡Van pensar que no te doy de comer!

La *bobe* está desposeída, la *tutta* busca a ciegas su plato de zapote y mete la cucharita, pero se le cae al suelo y se embarra de zapote el delantal.

Salto de mi asiento para levantarle la cucharita, pero ya se hizo un batidillo de zapote en el piso de la cocina. Anna enloquece, pero la *tutta* Lena se levanta muy lentamente y ríe consigo hacia el baño para lavar su delantal, murmurando:

—...cayó zapote...

En ese momento, como mandada a traer por un magnífico hado, llega Modesta con su sobrina. Fueron a la Merced y vienen cargando sendas canastas. Se echan a reír mirando a la *tutta* Lena enzapotada, ella también ríe, con el delantal en el lavabo.

*Ipso facto*, Modesta azota la puerta de la cocina y grita:

—¡Tengo un dolor de cabeza que vengo de malas!

La *bobe* Anna, impávida ante el fregadero. Modesta azota las canastas en el suelo y se busca un papel en el bolsillo del delantal:

—Aquí están las cuentas, doña Anna.

Anna se sienta con el papel y suma velozmente en ruso, mientras viene el diálogo:

—¿Dos rábanos por diez pesos? Antes estuvía a dos por un peso...

—Pero en las bodegas de Aurrerá es más caro que en la Merced, doña Anna.

—¿Un apio diez pesos? ¡Es locura!

—Pues vaya usté a comprobar.

—¿Oyiste, Lena, coliflor quince pesos?

—Oh… —suspira la *tutta* Lena.

—¡Qué decimos a ella, no sabe ni le importa! ¡No paga!

—Qué prregunta…claro, carísimo —alcanza a decir la *tutta* Lena sobre el parlamento airado de su hermana.

—Bueno, son ciento veinte y tres pesos con cincuenta centavos. Debo ocho cincuenta —le dice a Modesta, dándole la espalda a la *tutta* Lena.

—Me los debe. Espero que no se vaya a cambiar de dirección, doña Anna — ironiza Modesta.

—Tienes carácter horrible. Aquí está —y le da los ocho pesos con cincuenta centavos que toma de su monedero.

Entonces, Modesta saca un jarrito con flores de una de las bolsas y se lo enseña.

—¿Le gusta?

—Sí, gusta.

—Es un regalo, tome.

—No… ¿por qué?

—Es un regalo de una sobrina, para usté.

—¿Qué, no tiene familia qué mantener?

—Pero es un regalo, porque el otro que le hizo no quedó bien, ¿se acuerda?

—Otro día, Tatia, trajo tapitito tejido de indios, de Merced también, divino, hija.

¡Ah, qué Modesta! —le explica a Tatiana.

—Y bien qué le sirve para salar la carne y hacerla *kósher*, ¿o no, doña Anna?

—Queda muy boena, sí cierto.

—Bueno, pues ái está su regalo, ¿no ve que el otro no quedó bien?

—Cuál otro, hija.

—El otro, el de lentejuelas con chaquira.

—Ah… estaba chueco. Boeno, sólo porque es trueque, tomo.

—Y ya déjeme, porque ahora voy a comer, tengo hambre y estoy de malas.

La *bobe* se dispone a lavar los platos para que Modesta se siente a comer.

—¡No lave los platos! —grita Modesta— ¡Ya le voy a dar después para que lave! Vístase, ¿ya se puso brassier, o todavía no?

—Ya bañé, vestí por dentro, sólo pongo vestido y quito bata.

—Pues ya váyase, que estoy de malas.


# 5

Es un primor, envuelta en su vestido azul de lunares blancos, escogiendo el color de los zapatos. No me he demorado ni un minuto en seguirla a la recámara, y ya es otra mujer.

Se peina delante del espejo, sin verme, dice:

—Peino mis diez pelos, hija. Antes tuvía, uy uy uy, trrenzas chulísimas. Corté en París y metieron en caja con moños. ¡Qué trrenzas castañas, hija!

—¿Las tienes todavía? ¡Déjame verlas!

—Robó lavandera. Yo no sabía hablar bien español, y robó. Tu papá lloró todo barco hasta Veracruz, tuvía miedo que *zeide* no me recibía. Todo viaje lloró. Si no recibe, regresamos a París con tío, hijo. Tío quería que tu papá se quedara con él, no tuvía hijos y adoraba a tu papá, dicía que estudiara en Liceo. "No te voy a robar hijo, pero que estudia en Liceo aquí conmigo". "Yo no poedo, no tengo más que un flaco chico medio tonto, que no sabe pronunciar palabras", porque hermano chico de tu papá no pudía decir *pipintchik*, dicía al revés, *tchipinpik* y yo dijo a mi hermano "no tengo más que dos hijos, y *zeide* no va a dejar, hace dos años que no ve".

—¿Tú lo hubieras dejado?

69

—Prometí escribir para darle recado de *zeide*. Ya en México *zeide* regañó mucho y dijo imposible "no tengo más que dos hijos y no voy a dar uno a tu hermano". Yo escribí que no pudía porque *zeide* enojó mucho.

—¿Pero lo hubieras dejado tú?

—¿Sin preguntar a *zeide*? ¿Estoy loca? Yo tuvía una hija, murió de dos años, linda, mi linda Múschinka.

—¿Y no volviste a embarazarte, *bobe*?

—Aquí me embaracé, tuvía ya cinco meses embarazo y vino temblor. Yo no sabía qué es temblor, corrí por scaleras para hincar como vi que todos hacían, rodé por scaleras. Llevaron hospital y sacaron niña. A mí no pasó nada, sólo dos o tres días en hospital.

—¿Y después ya no pudiste tener más hijos?

—Sí pudía, pero ya no quería. Vida difícil, hija. Yo tuvía en Rusia una niña, mi linda Múschinka, murió de dos años de scarlatina.

En el silencio pasa cruzando una muñequita vestida de terciopelo azul. Siento en el corazón un pájaro muy dulce. Pienso que alguna vez tendré una hija, y estoy a punto de llorar.

La recámara es blanca y dorada. Algunas telas con brocados muy suaves.

Un ventanal de pared a pared cubierto con gasas volanderas.

—Todavía no me has dicho cómo te recibió tu marido en Veracruz…

—Yo puse sombrero. Tu papá lloraba de miedo. Tuvía mucho calor en Veracruz, pero papá no dejó quitar sombrero. Ya en hotel, visitas dijieron "por qué no te quitas sombrero, no vas a aguantar calor de aquí". Quité por fin. *Zeide* vio y dijo "te queda muy bonito pelo, ¿cortaste?". Tu papá descansó, casi desmaya.

No ha dejado de arreglarse, con elegante lentitud. Se ha cambiado de lugar el broche para dejarlo en su sitio exacto:

—Para que se vea más fino, hija, y mejor asegurado. Es fantasía, pero es marca de fantasía mejor que hay.

—¿No te maquillas?

—No sé ni qué es eso, en mi vida puse. ¿Para ojos? Jamás quité cejas. Sólo pinté labios, primer vez, en boda de tus papás. Llevaba precioso vestido azul cielo, dijo modista que no lucía mi boca y ella obligó, pintó, porque yo no sabía ni cómo se pinta. Ese día no comí nada en banquete, tuvía miedo de despintar labios. Pero pastel sí mordí, con dientes y puse labios bien abiertos. Ahora no pinto diario, sólo dos o tres veces por semana, cuando voy a salir.

Y diciendo esto, se despinta ligeramente con un pañuelo, porque siente que le quedó muy subido el color y no le gusta. Se pone los aretes y se echa perfume de un frasco de cristal, detrás de las orejas, sobre las cejas y en el arranque de los cabellos.

—¡Qué bien quedaste, *bobe*! —le digo, auténticamente maravillada.

—¡Claro! Yo sé arreglarme, estoy vieja, pero sé, y siempre conforme edad.

Nunca gustó vestir extravagante.

Busca un pañuelo en el cajón.

—Pañuelo, porque sin pañuelo no se poede. Lo guarda en su bolsa, y ya está lista.

Sale de la recámara partiendo el mar de mares.

La *tutta* Lena está sentada al sol junto a la ventana, leyendo, sumida en el periódico.

—Coqueta, mira la coqueta —dice Anna, mirándola con suspirada hostilidad—, tiene tres batas de duvetina, una que yo regalé, otra que Dora y otra que dio Pola. No se pone, porque quiere muy elegante bata de crespón y seda, y brazos no quiere —se refiere a que la bata no tiene mangas.

—Pero aquí nadie la ve, *bobe*.

—Nada le hace, la coqueta.

71

—Bueno, ya déjala, vas a llegar tarde.

—No importa, no van a regañar. Hice colecta para pobres y di tres mil pesos.

Y sale tan apurada que no alcanzo a acercarme para darle el beso de despedida.

Me quedo impregnada de su perfume cautivante y de su fiereza para vivir. Mis cabellos lacios me cuelgan a lo loco y la camiseta holgada parece costal. Al menos, yo tampoco me maquillo.

Me recuesto en el sofá de la sala. La *tutta* Lena no se da cuenta de que estoy ahí, habla y habla sola. Me quedo dormida escuchando sus murmuraciones y al compás de la estación de radio en la que se abisma Modesta en la cocina "...ya me voy a la molienda, con el negro José..."

No sé si sueño algo, pero despierto sobresaltada, como si me hubiera ido a otro mundo.

—Hija, qué boeno estás aquí —me descubre la *tutta* Lena—. Quedé durmida, porque en noches no doermo nada, ah, carrambas, carrambas...

—Ya me voy *tutta* —le digo dándole todos los abrazos que no recibe y le acaricio el pelo.

—Sí, hija, ponte calcetines, mucho frrío.

Modesta reina en la cocina con el negro José.


# 6

Hoy no voy a ver a mi criminal. Mientras bajo en el elevador, lo decido. Él se preguntará por qué no llego al Venezzia, el cafecito escondido en un rincón de la colonia Condesa, donde me espera cada miércoles después del encuentro con la abuela.

Se ha vuelto el rincón de la complicidad. De ahí, decidimos, casi como en un juego de lotería, si caeremos en una suite del hotel María Isabel, en Reforma, o nos refugiaremos en un modesto y discreto cuarto para ejecutivos, bastante conocido por su amplitud de criterio, en una de las calzadas señoriales de la colonia Roma. O bien...

¿Por qué tengo ganas de volver? Un "volver" como verbo en redondo.

¿Volver a dónde? Como volver a mi hogar, pero cuál hogar. No precisamente la casa de mis padres. Menos, el departamento de mi efímero matrimonio que ni siquiera está a la mano, ni el departamento ni el matrimonio.

Tampoco me refiero a ese espacio donde duermo, habitado de cojines y macetas, de renta compartida con una amiga que estudia en Guadalajara y sólo aterriza de vez en cuando por ahí.

Camino sin brújula. Mientras recorro la avenida Veracruz (¡Veracruz!, ahí empezó la nueva vida de mi abuela) hacia el Parque España, llevo conmigo las voces que acabo de escuchar y sonrío a las nubes que todavía son blancas, como barcas sobre los árboles.

# Quinto tiempo

## 1

Por ejemplo, ahora que hicimos el amor en la penumbra celeste de la recámara, ésa de la bóveda catalana que nos mira con su lámpara antigua; tú sobre mí, como en los tiempos primeros hace ya tantos años, los truenos del verano afuera, vi la cicatriz en tu pecho, que en el principio de nuestros tiempos no tenías. Una hermosa cicatriz que ya forma parte de tu piel como los llantos que la acompañaron, también hermosos, no en cuanto al dolor que los motivaron, sino en cuanto a su desembocadura, la de recordarlos en estos momentos en que volvemos a amarnos en total desnudez, recobrándonos del tiempo, hurtándonos de su paso. Veo tus mismos ojos que se desvían hacia no sé qué infinitos mientras con tu mano derecha tomas mi cadera para acoplarme a tu entero tamaño. Son los mismos ojos y ese desvío a los infinitos que me estremecían imaginando qué podrías estar mirando tú en tu interior, y esa mano tan precisa, tan hecha de materia viva que me atraía hacia ti; pero no eres el mismo, me lo dice la cicatriz en tu pecho y su impronta de lágrimas en ella derramadas.

Ahora somos más bellos y hemos aprendido a amarnos. Somos más lentos, más vulnerables, tendría que decir "más viejos", pero no sé si sea sólo cosa de arrugas y canas; prefiero entender que venimos regresando de muchos naufragios y hemos probado el amargo e incandescente sabor del samovar.

Así empecé este álbum, querido Giorgio. Para mirarme, por primera vez, con el ojo de mi propia lente.

74

Las palabras no pueden apuntar como flecha y dar en el blanco de la escena, de la emoción, porque necesitan las vías del tren del lenguaje y los vagones de las categorías gramaticales, unas tras otras, en combinaciones que se alargan o se estrechan, se paralizan o se multiplican y aun se diluyen por senderos no previstos.

Tenía que atraparme, Giorgio, en esos clics. Mi cuerpo-samovar manando la mujer en la que me he convertido y mostrarme al mundo.

*

Estas frases se las dije, no así. Así las pensé, pero Giorgio entendió y sólo suspiró repasando el catálogo de la exposición *Lo que su cuerpo me provoca* para la galería Andrea Meislin en Nueva York. Nos tomé las fotos con sucesivos clics cronometrados a distancia mientras hicimos el amor durante muchos meses. No fue propositivo, quiero decir que no pensaba en una exposición. Fue una necesidad que habitaba dentro de mí, sin yo saberlo realmente, desde hacía un tiempo largo. Tal vez, desde aquel día en que sentí que el tiempo se volvía irreversible.

El tiempo siempre es irreversible. Pero la sensación de ello no lo es. Quizá fue cuando cumplí sesenta años. No ese día, por supuesto. Puede que haya sido a los sesenta y uno, o un poco más. Dejé de buscar mi belleza, que según los cánones nunca fue excelsa, aunque sí genuina, mis ojos se transparentaron para encontrar un cuerpo más obediente a las leyes de la gravedad y un rostro más dispuesto a mirar que a ser mirado.

Increíblemente, yo miraba el mundo desde la lente. Pero no me había mirado. En mí, veía al otro, mirándome. Por eso, empezó a anidarse la necesidad de ver qué me pasaba en el acto del amor delante del cuerpo que me lo provocaba, ahora que ya no habría competencias de bellezas para ser miradas por otro.

Las imágenes fueron en blanco y negro, con algunos sepias y ocres. En alguna línea del hombro, un azul pizarra o una muy tenue luz en tonos rojos oscuros en las sombras sugeridas de las caderas. Los rostros no se ven, no hay en sí, cuerpos definidos. Quise mostrar la desnudez del deseo pegado al amor y a la madurez.

Demasiados años me he sometido a torturas mentales intentando entender el poder que el criminal ejerció en mi voluntad. El criminal abriéndome en dos, y mi voluntad ardiente para recibir la estocada. Pero siempre me faltaba algo, porque me desprendía de mí misma y nunca me encontraba al final del camino.

Giorgio apareció en altamar, mientras yo cubría la ruta de cruceros para *National Geografic* con un plato de *orecchiette* y queso feta que me sedujo al grado de que no volvimos a separarnos. Giorgio y yo, claro. Nos separamos al terminar el crucero, porque él era el Chef Maestro en la línea de cruceros por el Mediterráneo, y yo era free lance donde pudiera colar algunas imágenes con mi ojo ya reconocible en el mundo de la fotografía. Pero nuestros destinos se habían sellado en ese trance de *orecchiette* y queso feta, aderezados de un tinto Gabutti-Boasso Barolo Serralunga.

Mi Samara ya tenía 12 años edad, y muchas vueltas al sol habían sucedido desde los miércoles de esta historia.

Tengo que volver a ella. Me espera la *bobe* y se me ha hecho tarde.


# 2

Un reportaje fotográfico que tuve que acomodar en la redacción para el suplemento dominical de *El Sol de México*, sobre las parejas de novios en la Alameda, ha durado más de lo esperado. Llego tarde, con el morral cruzado sobre mi túnica de manta, la cámara al hombro y la lengua de fuera.

La *tutta* Lena ya comió, pero se ha preocupado por mi tardanza. La *bobe*

Anna sólo probó el arenque, me ha esperado para comer.

Modesta me grita abriéndome la puerta:

—¡Yo no sé para qué llegas!

—Perdón… —balbuceo, recogiéndome en un santiamén los cabellos con una liga. Vengo sudando y mis mejillas parecen manzanas de California recién mordidas, pienso que, si el criminal me tuviera enfrente, seguro las devoraría en completa calma.

—¡Pues qué horas te crees que son! —insiste Modesta.

—Oh, pues, dije perdón, no seas tan amargada, Modesta.

—Uy, si no has venido, yo no sé qué hago, después de todo lo que tu *bobe* preparó…

Anna parece no oír los regaños y me sirve un pedacito de arenque:

—Robé tres pedacitos a siñor que pidió le haga yo uno entero. Proeba, rico.

—¡Sabes que adoro el arenque, *bobe*! Y que sólo el tuyo es arenque, los demás no existen… Oye, ¿no te huele a quemado aquí?

—Son galletas, hijas, así salieron hoy. Así gustaban a Shejtman, marido de Sonya, la hermana de tu *zeide*.

—¿Quemadas?

—Así gustaban.

—De veras, *bobe*, no me has contado de los hermanos de mi *zeide*, ¿cuántos eran?

Cualquier detalle es el picaporte al universo donde nos sumergimos cada miércoles. Sabemos que en algún momento entraremos, para eso nos hemos convocado. La una busca la llave del acertijo, mientras la otra cruza la dimensión. De pronto, estamos en otra parte, en otro tiempo.

Cuando regresamos, ha transcurrido algo desconocido. Nada de esto sucede en mis encuentros con el criminal.

Sólo nos movemos en los terrenos conocidos de nuestros cuerpos sedientos y ahítos.

—Fueron ocho todos ellos: Arón, Maña, Sonya y *zeide*, aquí en México. Los otros, mató Hitler. No quisieron venirse porque vivían bien allá en Rusia. Todos casados, con poestos y estudios. No sabían qué les esperaba a ellos.

—Pero cómo dices qué no sabían, porque sí había antisemitismo.

—Había, hija.

—Y *pogroms*, mi papá me contó cómo se salvó de uno, escondiéndose en la paja del establo, estuvo perdido por tres días.

—Había también *pogroms*, hija. ¿Gustó arenque?

—Sí... bueno, cuéntame de los *pogroms*...

—Yo pasé dos, uno chico y otro más o menos grande. Nos escondíamos en sótano, y criada María, que tuvía más de treinta años trabajando con nosotros, ponía en ventana un ícona.

—¿Qué?

—¿No sabes qué es ícona?

—Ícona, ícona.

—¿Ícono?

—Ícona, ícono, da igual hija, es lámpara de aceite.

—Haz de cuenta una veladora —explica Modesta desde la estufa, tallando el molde renegrido de las galletas.

—Sí, porque ustedes católicos también la usan —corea la abuela.

—¿Y para qué ponían eso en la ventana? —pregunto.

—Ah, ya, con imagen, los de *pogrom* pasaban de largo.

—No entiendo, *bobe*.

—Criada decía que allí no vivían judíos, y ya con ícona pasaban de largo. Pero un vez, currandero, que era como doctor y muy bueno...

—Ah, sí —interrumpe Modesta—, también en mi pueblo hay muy buenos herbarios, son mejor que los doctores.

—Sí, y currandero corrió a esconderse con nosotros, pero en scaleras, antes de llegar a puerta, cortaron cabeza. Por allá rodó cabeza.

—¿Tú lo viste?

—Yo vi cabeza, hija, rodó.

—¿Y quiénes eran? ¿No eran soldados?

—Eran bandidos.

—¿Y por qué los mataban?

—¿Preguntas por qué? Mataban, así es.

—¿Pero por qué a los judíos?

—Por qué a judíos. Ah… ¿por qué judíos? ¿Por qué, por qué? —dice abriendo los abrazos, sonriente casi.

—Por envidia —dice Modesta—. ¿No ves que ellos tenían animales, sus casas y trabajaban? Los otros eran bandidos.

—Mira, hija, Petliura fue pior de todos.

—¿Quién?

—Petliura. ¿No sabes quién fue Petliura?

—No, *bobe*.

—*Veis mier*, no sabes nada, hija. *Guezint soltz du zain*. Petliura fue bandido que mató todo un pueblo, el pueblo de Brahilof. Mató todos: judíos, protestantes, católicos, todos juntos. Todo un pueblo, a una hora de Shmérinka.

—Pudía ir a pie de Shmérinka, Tátiele —dice la *tutta* Lena revolviendo su té con la cucharita. De pronto, ha rejuvenecido en la esquina de la mesa.

—¡No, Lena! ¿Volviste loca? —exclama airadamente Anna.

—Pudía…

—¿Ocho kilómetros a pie? ¡Volvió loca!

—Boeno… yo pudía… —insiste, sonriéndole a un paisaje que sólo ella puede mirar.

79

—Deja, no sabe qué decir —corta Anna la discusión, y prosigue—. Un solo hombre logró escapar, le habían matado a toda la familia: padres, hermanos, hijos. Todo. Y fue a París, y en tienda *Miuramaralisa*, así se llamaba tienda, donde encoentras todo, menos *tálit*, porque Boronsky hizo apoesta y ganó… allí en tienda, hombre reconoció a Petliura. Desmayó, llevaron a hospital con doctores. Franceses son muy correctos en eso, tú sabes. Loego volvió a ver en varias partes y trataba de reconocer, porque Petliura se había poesto cirugía en cara. Un día, por fin, el hombre lo vio en un cine y lo mató. No huyó ni corrió. Valiente, dijo toda la verdad. "Yo espero policía, no gritan, él mató a mi familia, yo acepto que quise matar. ¿Qué, no se merecía?". Lo detuvieron, dieron quince años de cárcel, pero redujieron a tres, por boen comportamiento. Y policías se admiraban de su valor.

—¿Cómo se llamaba ese hombre?

—Liberman… Liberman… ¡Nathán!

—¿Todavía vive?

—No… quién sabe. Hitler mató a muchos en París.

Me ha quedado la cabeza dando vueltas. No sé si ha volado por allá entre los machetes ucranianos y ha llegado rodando hasta entrar en una viñeta del París de los años veinte que tienen enmarcada mis padres en el saloncito de su recámara, con su marco dorado, mientras el sabor del arenque me invade y huelo el té de un samovar perdido donde se deshace la galleta quemada más amada del mundo.

En la mesa del antecomedor ya se ha redoblado la discusión acerca del neonazismo que empieza a asomar la cabeza cada vez con menos timidez en atentados contra sinagogas en diferentes países.

—Si a mí van a matar, yo también mato —oigo la fuerte voz de mi abuela, que no pierde la serenidad—. Yo primero mato, no como boreguito a cámara de gas. Tú sabes que también judíos mataron a natzis. Y de Israel mandaron muchachos, qué muchachos, ¡qué muchachos!

—Sí —agrega Modesta—, para defender el *shul* de Rothschild.

—Tan bonito, yo conocí...

—¿Y si vienen a México los neonazis, *bobe*?

—Pueden, ¿por qué no?

—Tú, ¿qué harías?

—¿Haría? ¿Yo? Yo mato, hija. Se necesita más de un soldado para ganar batalla. Y te voy a decir, mi hermano fue administrativo en gobierno del zar. Y otros judíos fueron muy malos, que malo hay en todas religuiones y en todos países. A mí no gusta decir que yo soy *tzia tzia* y el otro es caca...

—¿Qué es eso?

—*Tzia tzia* es ay ay ay, y caca es caca.

—¿En ruso?

—Sí, ruso —y ríe a carcajadas, pero de inmediato regresa a la seriedad—. Así hay católicos bestias y judíos bestias.

—Sí —explica Modesta—. En todas partes hay hombre malos y hombres bestiesísimas.


# 3

Pienso en qué dirían estas mujeres de mi criminal. De seguro no sería de los hombres buenos. Tal vez tampoco de los malos. Pero sí de los bestiesísimos. De esos criminales que no tienen perdón de Dios porque hacen mucho mal haciendo bien.

—Ven, Modesta, te voy a contar, deja fregadero, siéntate —dice la *bobe* y prácticamente jala a Modesta con nosotras a la mesa—, loego lavas. Esos judíos malos que hay acusaron a un hermano mío de que era espía del zar. Lo llevaron preso. Su novia visitó y dio polvitos para viejos.

—Ah... de ésos de yerbas para los desmayos —explica Modesta, que se ha sentado, pero sin acercar la silla demasiado a la mesa, como si así guardara una distancia respetuosa.

—Yerbas, *shmembras*, qué sé yo, hija, polvitos para viejos.

—Por eso le digo, doña Anna, yo sí sé, como los que usaban en mi pueblo.

—Dio polvitos para viejos, hija, y llorando se despidieron. Novia esperó en zaguán, a él lo llevaban dos policías para condenarlo. Él sacó polvitos de bolsa y echó en ojos de policía. Huyó con novia a casa de tíos. Escondió, quitó uniforme. Una semana despoés ya estaba en casa. Así, hija, defenderse. Si me van a hacer, yo hago antes. Boreguitos, no. En pueblo, cuando judíos estaban en sinagoga, en sábado, querían atacar los bandidos. Entonces, cargadores foertes pusieron sábanas y roedas en ojos para parecer espanto.

—¿Cómo?

—Sí, se disfrazaban de fantasmas —me explica Modesta—. Antes, la gente creía en esas cosas de cuentos y espantos, también en mi pueblo. Cuando querían atacarnos saltando la barda, les cortábamos las manos con machetes.

—Así es —dice *bobe*.

—Coma, hija, ¿por qué no come? *Bobe* sólo platica —me dice la *tutta* Lena.

—Sí, *tutta*, ahora.

—Yo no sé costumbre de no comer… —suspira. Anna enfurece:

—Si hija pregunta de *pogrom*, hay que contar, Lena. Mejor no hablas.

Se mesa los cabellos y le arrebata la taza con el té a medias. Se ha cortado la conversación. Mientras duró, Anna actuaba cada frase con un histrionismo febril, se levantaba y hacía la mímica de los fantasmas, volvía a sentarse, temblorosa. Fiera y asustada al mismo tiempo.

Ahora camina torpemente hacia el fregadero, como si se hubiera roto el hechizo.

—Ay, hija —va diciendo—, pasé domingo... no sabes qué domingo pasé... metió cacho de pollo, entró a un lado y no quiso salir, no quiso toda tarde salir de garganta. Y un frrío, que qué frrío...

—Pero si no hace frío, *bobe*.

—Qué comparas brazo, hija, tuyo es caliente, piel noestra ya no. Y mira cómo andas con brazos foera. Míos son aguados.

La *tutta* Lena me tienta el brazo:

—Es aguado también —murmura.

No puedo evitar una sonora y deliciosa carcajada. Pero Anna, furiosa, le contesta a la hermana:

—Qué comparas, Lena, ella tiene veinte y siete años, y tú noventa y dos.

—*S'nisht kain zaj* —dice en idish la *tutta* Lena, que significa: "pues no son tantos". Y es Modesta la primera en reír con estruendo, como si hubiera entendido. Pienso que sí entendió, que ya sabe mucho idish. La *tutta* Lena ríe también, muy lentamente.

Y esto basta para que Anna se suelte con una nueva lista de quejas contra la *tutta* Lena:

—Es una coqueta, no quiere dar coerda al reloj porque duelen deditos, por eso siempre está parado. Se levanta a diez de la mañana, cuando ya está preparado desayuno...

—Ah —dice Modesta, coreando a la abuela—, y si no hay postre, se pone de mal humor.

—Chocolates que le trajieron, esconde, y da a ñetos cuando ya están rancios. Y tiene gran apetito, gracias a Dios, coma con salud, pero no ofrece un quinto para ayudar económicamente.

Mientras las otras la tunden, la *tutta* Lena se ha servido otra tacita de té con limón. Anna aprovecha:

—Mete todo limón, todo limón en té. No confía ni en propias manos. No resisto más y se me sale la risa. La *tutta* Lena ríe también.

—Mal que habla así de mi propia hermana —sigue amargamente Anna—, pero así es. Yo aguanto todo, pero coda no soy.

—No, coda no es… —murmura la *tutta* Lena. Entonces, Anna se levanta, en un grito:

—¡Oye lo que conviene, y lo que no, no!

—Toda noche no durmí —me dice la *tutta* Lena, como si no hubiera oído el grito—, bz bz bz, roeda en cabeza, un ferocarril toda noche. Tu papá dice artesclerosis, pero no, es ferocarril…

—Es viejez —dice Anna, desesperándose—. Yo no durmí, ella sí. Yo también ferocarril toda noche, es viejez.

—Y anoche lluvía tanto —suspira la *tutta* Lena.

—Ah, se quejó la coqueta de lámpagos. ¡Yo también oyí lámpagos!, pero ella dice que lámpago entra en ojo y no poede durmir. No es cierto, porque hay cortina.

—¿Lámpago? Dirás relámpago, *bobe*.

—Lámpago, *shmánpago*… es igual.

Me levanto por una de las galletas quemadas, que son una auténtica delicia cuando se ablandan en el pavoroso té negrísimo. Tengo que volver al tema de las guerras, que es lo único que pone a la abuela de buen humor:

—A ver, cuéntame por cuántas guerras han pasado ustedes, *bobe*.

En efecto, la abuela se pone de buen humor. Rejuvenece en el acto:

—Un mil novecientos cinco, un mil novecientos doce, y un mil novecientos catorce, que yo pasé. La pior fue bolcheviques. Quitaban todo a campesinos, judíos, no judíos, a todo mundo.

—Sí, lo peor son los comunistas —dice Modesta, disponiéndose ya a recoger los platos—. Eso es lo peor, es como la Revolución, que nos quitaron todo. Es lo mismo. Mi papá tenía tierra, y con la Revolución se quedó sin nada. Bueno, eso me platican, porque yo soy muy curiosa de todos los temas. La vida es interesantísima…

Había hoyos en un barranco para guardar el nixtamal, y allí hacían tortillas, bueno, con poco elote, no salían bien, ¿cómo te dijera?

—Salían irredondas —explica la *bobe*.

—Era vida de rancho, pero era buena. La Revolución terminó con todo. Yo sé, porque he leído muchos libros, no te creas que por otra cosa. No es que yo haya viajado, si no he salido de aquí, pero tenía yo muchos libros. Y me los leí todos. Lo que pasa es que me los robaron.

—¿Te los robaron? ¡Quién! —pregunto, asombrada.

—No sé, ¿tú conoces a los ladrones? Allá en los Álamos, donde ya trabajaba con tu *bobe*. No estaban cuando los busqué.

—Ay, hija, vida dura, guerras… —suspira la abuela.

—Claro que no es lo mismo vivirlas que nomás platicarlas —dice Modesta.

—Yo me mantuvía por mi foerza. La foerza de mi carrácter.

—Porque hay quienes se pierden de los nervios —agrega Modesta.

—Claro, guerras dejan loco. Yo tuvía control, eso salvó. Y cuando vine a México, ¿crees que estuvía muy bien? Trabajaba como burro, vendí mantel para que tu papá comprara su libro de Anatomía, no tuvía ni para los pasajes de camión, iba a pie. Un vez, en Monterrey, con *zeide*, conocí a Padre con el que gustaba platicar de Biblia, porque ellos conocen nuestra Biblia…

—¡Si es la misma! —exclama Modesta, tallando el segundo molde renegrido de las galletas quemadas.

—… y cuando enviudé y trabajé, sólo Modesta sabe lo que sufrí. Fui cajera con tío Abraham.

—¿Cuánto te pagaba, *bobe*?

—Cada vez menos. Al revés que cada mes pagan más, él hacía menos.

Cuñado mío, pero así es.

—No, si el señor Abraham así ha sido siempre, de veras —dice Modesta.

—Ahora con Lena estoy nerviosa, yo nunca fui nerviosa. Hay que proteger amistades, saber. Yo no puedo estar sola, yo siempre soy de boen carrácter para amistades. Domingo pasado tuve doce gentes en mi casa, ¿no, Modesta? Ahora estoy pior que Modesta de carrácter…

—¡Si yo tengo buen carácter, señora!

—Ay, sí, chula, tan bonita, es un dulce —le grita riendo Anna—. Ella es boena cuando está durmida.

Modesta ríe satisfecha de lo que considera un elogio.

—Ay, hija, vendí joya en setenta y cinco mil, porque ya no alcanza. Tuvía que dar como cinco mil a Modesta para operación —y, de pronto, mi abuela comienza a llorar de verdad— y vendí mantel chulo, bordado, y brazalete de tres voeltas con piedrería… —se suena la nariz, se limpia los ojos debajo de los lentes para cataratas— … pero no recibo un quinto de tu papá, pagué un préstamo, no pido a nadie, no gusta a mí provocar lástima. A Lena sí gusta, yo no. Tengo orgullo. Hasta que yo pueda, mantendré a mí. Puedo vivir un año más, diez años más… sólo Dios puede saber, que es nuestro padre de todos. Di tres mil pesos a bazar de Damas Pioneras.

—Oye, Tatiana, luego me dices cómo abrir una cuenta de ahorros —interrumpe Modesta—, porque me urge.

—Y mal siento, hija —continúa la *bobe*—, no tengo piernas, no puedo andar.

—Hoy le di masaje en el *tujes* a tu *bobe* —explica Modesta. Ella habla a medias en idish y usa la palabra *tujes* en vez de nalgas.

—Modesta siempre da masaje. Hija, ¿das a mí ropa vieja para Damas Pioneras?

—Es que se la doy a la portera de mi edificio, *bobe*.

—Pues ahora dásela a tu *bobe*.

—Bueno.

# 4

Se ha acabado el hechizo de esta tarde.

El telón se cierra, la burbuja de oro se evapora.

Anna se levanta muy lentamente, dándome la espalda, mientras va diciendo:

—Ustedes no poeden creer nada de esto, porque viven muy bien, casa, padres, universidad... ¡ja!, universidad. Nosotros sí lo vivimos.

—Es igualito a lo que les dice mi mamá a mis sobrinas, es lo mismísimo —corea Modesta, metida en el fregadero.

—De veras, hija, no sabes nada, estás muy ignorante de muchas cosas...

—Por eso vengo, *bobe*, por eso pregunto...

—Pudía estar un mes contigo y no acabo de contarte. Qué bueno que estás en pie y cumples promesa de venir.

—Claro —irrumpe Modesta—, si a mí me dan comida gratis, o un sueldo gratis, yo también cumpliría al pie la promesa.

—¿Por qué eres así de horrible conmigo, Modesta? —le digo, enfrentándola.

—No, si yo qué... pero yo sí sé de las cosas, si por eso yo tenía muchos libros. Pero me los robaron.

Mientras Anna se dirige hacia el cuarto de planchado que es también el cuarto de la televisión, a ver sus telenovelas, suena el timbre. Son unos sobrinos de Modesta. Entonces, la *bobe* da la media vuelta, entusiasmada, los invita a comer, los arrastra a la cocina, les pone el plato lleno, mientras murmura sonriendo:

—No comí hoy de tanta platicada...

—¡Por eso me choca, señora Annita, no come! —bufa Modesta.

# Sexto tiempo

## 1

Samara abrió los ojos asombrados de estar en este mundo y desde entonces anda sulfurando por la vida, envuelta en su mantita azul. Así la veo todavía ahora, con la edad que yo tenía cuando aquellos miércoles se sucedían en el comedor de la abuela.

Me la traje aún dentro de mi cuerpo sin que siquiera yo lo supiera. Regresaba de mi primer viaje a Jerusalén, invitada por la embajada de Israel en México, junto con un grupo de artistas judeo-mexicanos para hacer una serie de fotografías en Semana Santa, que hermanaran, en los espectadores, las tres religiones que comparten el mismo Dios. Un llamado a la paz, que tanto urgía desde la aparición de la intifada, esa "guerra de las piedras" que inició en 1987 en contra de las fuerzas de ocupación israelíes con el objetivo de poner fin a las asfixiantes condiciones sociales en que vivían los palestinos.

Estuve tres semanas en ese resplandor de oro de la ciudad sagrada. Me enamoré de tantos jóvenes hermosos, entre los que no me lanzaban piedras, y los había, sobrados, que en alguno prendió Samara sin solución de continuidad. Por eso le digo a mi hija, tú eres como la Sulamita del *Cantar de los Cantares*, estás hecha de la vastedad del desierto, el racimo de la vid, el deseo de un cántaro insaciable y el nardo que da su olor mientras el coro lo celebra. No se lo digo así, pero lo pienso, ella sabe de dónde viene y con eso le ha bastado siempre. No llamé Múschinka a mi primera hija, como pensé que lo haría cuando murió la abuela. Ese nombre me llenaba los ojos con la escena de los ojos de mi abuela contemplando el horror que estaba mirando en su cabeza, en el apacible comedor de su departamento en la Condesa, mientras me servía el negrísimo té que aún late en mi paladar.

El nombre de Múschinka está ligado a una tristeza de tapices azules en una recámara revuelta en una ciudad tan lejana como medio planeta. Ya sólo queda su nombre en los ecos de mi propia memoria.

Los ojos de Samara son grandes y asombrados y su mantita azul es un resabio de aquella escena que se mezcla con el aroma de un samovar recobrado.

El samovar de la abuela había hecho el milagro entre mis manos. Pero no debo adelantarme. Todavía es miércoles.


## 2

No los miércoles. No quiero desembocar en las manos del criminal después de las comidas con la abuela. Se acabaron las citas en el Venezzia y el juego de los cuartos de hotel.

La última vez reí mucho con el pleito entre la *bobe* y la *tutta*, con Modesta en el medio y las galletas quemadas y la algarabía de los sobrinos inesperados que le hicieron olvidar a la abuela las telenovelas.

También olvidé todo lo que había hecho en el día y lo que debía hacer el resto de la tarde. Incluso había olvidado lo que había hecho en días pasados y mis planes del mes. Entré en un centro a la redonda, una ligereza que no conocía. ¿Un centro a la redonda? ¿Qué significa esto? Sí, murmuro casi en voz alta oprimiendo el botón del quinto piso en el elevador. Como si llegara a un lugar que no tiene direcciones hacia dónde moverse. El lugar para estar ahí. Así que los encuentros con el criminal se movieron indistintamente alrededor de los miércoles, y el criminal sólo obtuvo por respuesta: "Esa tarde es para mí, entera".

Esta vez, he llegado a pie desde Insurgentes hasta la avenida Veracruz, disfrutando la anticipación, perdiéndome en mis ensoñaciones.

—¡Ya te iba a matar! —grita Modesta en la puerta, porque me he retrasado una media hora en mi pausada caminata.

—Nada le hace —sonríe la abuela con el plato de chiles rellenos que me tiene preparados para hoy.

—¿Y ahora?, ¿y mis comidas judías? —abro muchos los ojos, súbitamente descontrolada.

—¿No gusta a ti chile?

—Sí, me encanta.

—¿Y el mole te gusta? —pregunta Modesta.

—¡Claro! —me siento a comer, todavía asombrada por el platillo.

—Yo hice quince kilos de mole cuando se casó mi hermana Manuela, hace diecisiete años. Te voy a hacer un día.

—¿Cómo estás *tutta*? —me reinicio.

—Muy muy bien no, hija, ya sabes no se pasa muy muy bien… —murmura la *tutta* Lena devorando su chile.

—Ya veo que comen picante, pero allá en Rusia no había, ¿verdad?

—No —dice la *bobe*—, había *jrein*, pipinos agrios, jitomates agrios y sandía agria. ¡Ay, ay, ay, sandía agria! En barriles…

—Porque todo se hacía en barriles —dice Modesta desde su banco junto a la estufa—, y aquí no había antes *jrein*, pero una señora lo trajo de Rusia y prendió en Cuernavaca, por eso hay en México.

—*Borsht* es como mole de Rusia.

—No, si picante sí hay por allá, yo me crie con alemanes, ingleses, españoles, de todo el mundo, yo por eso sé.

—Ella sabe de todo, hija. Hace merenjenas muy buenas, con picante parecido a… no mi ricuerdo cómo llama en español, a ver Lena, diga la *crop*…

—*Crip*… —murmura la *tutta* Lena.

—¡Ese es idish, Lena! Mejor no hablas.

—Bueno, dilo en ruso —digo.

—*Crap*… No ricuerdo. Una siñora de Alemania trajo y no prendió en muchos países, Oaxaca, otros. Sólo en Cuernavaca.

—Y en Xochimilco, doña Anna, en ese país sí prendió, no sólo en Cuernavaca.

—¿Ricuerdas, Modesta, que hacíamos aquí vino en barriles?

—Claro, doña Anna.

—Pero de vidrio, hija, no te crees que de madera.

—Yo soy testiga —dice Modesta.

—De sandías agrias yo nunca había oído —digo, con la boca encendida de chile poblano.

—Ah, y yo hacía ensalada —sigue la *bobe*, feliz—, pero no romanita o lechuga, sino enojo…

—¿Enojo?

—¡Hinojo! —grita Modesta—. En mi pueblo hay.

—Ese da sabor a pipino, tú no sabes, Modesta.

—En mi pueblo lo usan para cuando le da un susto a una persona o para cosas de los nervios.

—Cuando yo estuvía en París, mi hermano pidió ensalada como la de la casa, *der heim*. Sí, dijió cuñada, haz comida de Shmérinka.

—¿Por qué estaba tu hermano en París, *bobe*?

—Hermano fue a París a los veinte años. Durante más de sesenta no vimos. Papá quiso que se casara antes de irse. "Aquí ponemos *jupá* y despúes vayan donde quieran". Luna de miel fue en París, y ya no regresaron.

—¿A qué se dedicaba él?

—Ingeñero de brillantes.

—Qué es eso, *bobe*.

—Ay hija, perlas, smeraldas, diamantes, tzafiros…

—Y monturas —agrega Modesta.

—Ella, esposa, fue actriz de ópera. A los diecisiete años en Shmérinka arrobó público. Dos mil personas. *La Traviata*. Casi comían a ella. No tuvían hijos.

—¿Ya murieron?

—El murió de trepanación en cerebro, en mesa, día que comenzó Segunda Guerra Mundial.

—Mejor —dice Modesta—, así ya no vivió la guerra.

—A ella mató Hitler, y a toda su familia. Era muy guapa. No tuvían hijos.

—¿Nunca estuvieron en México?

—Él, David, estuvía por tres meses, cuando tú papá tenía diez y seis años, para llevarlo a estudiar en Liceo a Francia. Pero *zeide* no dejó. Yo quiso visitar hermano en París, por eso pedí a *zeide* me mandara pasaje vía París. Yo intereso por mi sangre, quiso ver hermano. Pero Lena es muy fría para familia, muy friocita. Ella vino vía Ámsterdam a México.


# 3

Un tintín de cuchara en la copa de vino. Así miré por primera vez al criminal. Me pareció odioso ese cretino que anunciaba su impaciencia con autoridad. Ya dije que había hecho clic sobre el paisaje de la hilerita de patos que pasaba justo en la terraza del restaurante El lago, uno de los más lujosos de la ciudad. Ya dije que había que hacer una nueva publicidad, maridando excelencia y naturaleza en un mismo paladar. El tintín me desvió el enfoque y tuve que repetir la toma.

Ya dije que el cretino se dio cuenta y se dirigió con una copa nueva y me dijo:

—Perdón, aquí está el porqué de mi torpeza. Sonreí a medias y acerqué la nariz al buqué.

Pues la cosa siguió, porque en medio de ese vapor, me susurró al oído:

—Lo probé en un viaje a Ámsterdam, no lo olvidé nunca y vine a encontrarlo en este lugar, justo frente a usted.

Desde entonces, la palabra "Ámsterdam" me provoca un tintín en el corazón.

Es necesario repetir, como la *bobe*, repetir escenas, momentos, frases; como si las palabras, ellas solas, forjaran un camino. No sé si lo enderezan o le agregan las piezas faltantes.

Hay que seguir el buqué. El aroma del té en un antecomedor, el espejo de humo de una copa de vino puesta por azar en un destino manifiesto.

¿Quién conoce a quién? ¿Cómo ocurre? ¿Dónde? ¿Para qué?

## 4

—Oye, *bobe*, ¿y cuándo conociste a mis otros abuelos?

—Aquí se conocieron —dice Modesta.

—Los dos *zeides* se conocían por negocio de casimires. *Zeide* Piñe estuvía en compraventa, y *zeide* Shíe, en sastre. Yo conocía a tu mamá chiquita, *méidele*, porque invitaron a casa. Después volví a conocer cuando se hizo novia de tu papá. Era una señorita de veinte años, uy, uy, uy. A mí gustó mucho.

—Pero yo sé que ustedes querían casar a mi papá con una doctora…

—Sí, ¿cómo llamaba?

—Susana —dice Modesta.

—No, ¿Dora? no ricuerdo… Lena, ¿cómo llamaba? No, tú no sabes nada.

—Bueno, y qué pasó —retomo el tema, antes de que se desvíe a pleito.

—No quiso él, y ya. En bodas de plata de tus aboelos, tu papá y tu mamá se comprometieron en *shul*. Ese día me pinté primer vez labios, porque vestido era smeralda claro, y era mediodía, veía yo como muerta. Puse pintura. Y lo que tú comiste yo comí, por miedo a quitar pintura. Antes tuvía rojos labios, ahora azules. Maquillaje comió. Bueno. Pero ese día puse aretes de brillantes, priciosos…

—Los pidió prestados —dice Modesta—, y le dije a tu *bobe* devuélvalos porque son cosas muy delicadas, y los devolvió. A la semana siguiente se los robaron a la dueña.

—¡Quiénes!

—¡Los rateros, quién te crees!

—A mí no robaron, gracias Dios…

—¡Dios nos libre, doña Anna!


# 5

En la pantalla de mis ojos aparecen al fondo algunas escenas en blanco y negro de las bodas de plata de mis abuelos, en una película de ocho milímetros, extraordinariamente vieja, que en ocasiones especiales ha congregado a la familia cuando el único tío que cuenta con un proyector se aviene a compartir.

Una elegancia de cine mudo, de peinados elaborados y vestidos largos de satín, la inesperada sonrisa de los sobrevivientes recién llegados del holocausto nazi, el cántico rabínico que no se oye en la pantalla pero que anida bajo la piel.

Nada que ver con el juzgado de las calles de Colima donde no aguanté la risa cuando tuve que firmar con mi nombre de recién casada el acta oficial. Para mí, no dejaba de ser una especie de juego de carambola que me eché a mí misma en un momento de somnolencia en mi propia vida.

Y para que mis padres recibieran una lección: soy dueña de mis acciones. Los tiempos cambian.

Parece que cambian demasiado rápido. En la pantalla de mis ojos se me cruzan algunas fotografías de aquel día, tomadas por uno de los fotógrafos que andan ofreciéndose sin compromiso en algunas ceremonias. Dos semanas después, llegaron a casa de los padres de Javier, cuando ya las habíamos olvidado. Mis nuevos suegros las pagaron con caras más que largas.

Salgo del vestido de tehuana de mi fotografía en blanco y negro para cobrar vida en la película muda de los abuelos, mis padres rompiendo el plato en el ritual del compromiso, hay una alegría desbordada, un banquete descomunal y rostros que salieron de los guetos en una patria que les tiende un futuro.

Lo que menos he pensado el día de mi boda es en el futuro. Siento que mis proezas van diluyéndose ante mis ojos y no son otra cosa que banalidades.

Nunca he estado en peligro, sin embargo, hoy soy presa de un criminal. Mi patria es una cama y mi historia algo que no me gustaría contarle a una nieta.

# 6

—Cuéntame cuando llegaste a México —pregunto con una creciente intensidad, envolviendo, con mis manos, las manos de la abuela.

—Vivíamos en El Salvador y Correo Mayor. *Zeide* ya tuvía departamento, dos piezas, mueblado todo, miniatura, pero mueblado. Los Beckman ayudaron a comprar muebles. A la semana, llevaron a mí a la plaza. Por treinta pesos compré pollo, verdura, fruta, todo, todo, y robó muchacho cuando yo detuvía para que pasaba tren.

—¿Te robaron tus primeras compras para la cena? ¡Qué horror!

—Yo vi que todos muchachos ayudan a cargar, pero no sabía que éste es ladrón. Beckman prestó pollo y pipinos para hacer *shabes*, hija. Pero lunes yo le repusí.

—Ufff… ¿Qué es lo que más te impresionó de México?

—Policías, hija, sentados en banqueta, en cuadrito, con guaraches y cobijita…

—Bufanda —dice Modesta.

—Yo vi cobijita, sin uniforme. "¿Esos son policías?", pregunté en secreto a *zeide*, porque tuvía miedo de hablar por bolcheviques, en Rusia se me quitó la hablada, nunca abríamos boca. "¡Sh!, no hablas —dijo *zeide*—, sí, esos son policías". Eso no gustó. ¿Esos cuidan? Después vi que esos son mejores que los gran gran popof de ahora, con botas de charol y guantes blancos y uniforme, que compras por veinte pesos. Ellos, de antes, eran pobres, sin zapatos, desnudos, pero no comprabas por un peso.

—Bueno, había unos que eran rateros —dice Modesta—, pero sí vigilaban bien.

—Malos hay en todas naciones, judíos hay malos también, no creas…

—¿Qué otra cosa te impresionó, *bobe*?

—Frutas, verduras. Allá no había cosas trópicas. Y Chapultepec, todos animales. Domingos llevamos mantel y comida. Y Xochimilco, y…

—Y Cuernavaca, allí también iban a comer —dice Modesta.

Anna se pierde entre el cúmulo tropical que le ha encendido la alegría… se queda callada unos momentos, suspira y dice al aire:

—No creas, hija, sufrí bastante.

—¿Y la gente, *bobe*? —insisto en retomar.

—¿Gente? Yo nunca estuvía mal con gente. Si hablas bien, de buen modo, son muy amables. Pero no olvidan que tú hicías algo, aunque muerto, no olvidan. Rencorosos, así es.

—Yo sí soy rencorosa —dice Modesta.

—No, yo no. Yo busco modos de explicar si alguien hizo mal, o es idiota o no comprrendió. Yo perdono.

—¿Nunca has odiado a alguien, *bobe*?

—No, nunca.

—¿Y envidiado?

—Nunca. Si otro tuvía mejor soerte que yo, bueno, ni modo, ¿qué voy a hacer?

—En la calle siempre me mandan saludos para tu *bobe*.

—¡Claro! Quieren a mí para presidenta hasta que muera, en Damas Pioneras. Yo digo quitan presidencia. No quieren. Yo sé tratar gentes. Un vez, yo dije a Sonya que es muy habladora, pero le dije de buen modo y no enojó.

—¿Nunca te has peleado?

—No… Sí, con Fruma, hija de Boronsky. Bueno, yo dijo "¿tú vienes pelear?", y abrí puerta: "salga, yo no soy para pelear". Enojó porque yo le llamé Frúmele, porque en Rusia hubo un Frúmele Koziak, "tan mala como tú, y así eres".

—Es una vieja estúpida —dice Modesta—. ¿No sabes que me vino a insultar? Vieja bruja…

—¿Te insultó, Modesta?

—Mira, mejor ni te cuento, porque se me espesan los nervios, Tatiana…

—Deja, hija, se espesan nervios a Modesta y no es boeno.

—¿Y en tu matrimonio, *bobe*, nunca te peleaste?

—Yo pudía estar como agua para chocolate en mesa con hijos, y yo no abrí boca. Yo peleaba en cama, no en mesa. Y dicía "¿qué carne quieres?", y él estuvía en séptimo cielo porque hablé. Ah, en octavo cielo vas a estar, verás, pensé. Se fueron hijos y yo veo techo, "hablas con foco". Y él, "¡pero si hablaste antes!", y yo dije: "porque hijos no tuvían que saber que padres son enojados".

—¿Cómo era él?

—Tuvía carrácter fuerte, *cohen*, tú sabes. Enojaba por babosadas. Yo no hablaba. Difícil con *cohen*.

—Y era muy celoso —dice Modesta.

—Ya después con viejez no, pero en principio muy celoso.

—¡Cuéntele a su ñeta lo de las flores, cómo lo calmó, doña Anna!

Anna ríe y toma fuerzas para contar:

—Unos siñores de puerto Veracruz acompañaban, amables, pero yo voy con marido y hijos… Tú sabes a mí me gusta contar anécdotos, contar como es, no quitar y poner mío. A *zeide* gustaban fuertes, pero corría a poner *yármilke*, muy religuioso por *cohen*, ¿a mí qué importa *cohen*? No quere oyir, no oiga. Todas gentes dicían: "¡Ya llegó Annyuta, ya va estar *freilej,* la reuñón!". Y ponían en rededor para oyir. En la noche, *zeide* preguntaba: "¿Qué tanto contabas que todos corrieron a baño?". Yo dijo: "No mi ricuerdo". Y él grita: "¡Cómo no ricuerdas si yo fui a poner *yármilke*!". Entonces yo dijo: "Entonces sí oyiste, ¿para qué preguntas, idiota?"

—¡No, señora, que le cuente lo de las flores!

—¿Florres?, ¿qué florres?

—¡Las flores que usted se compró y le dijo al *zeide* que eran de un enamorado!

—No mi ricuerdo…

—¡Ay no se haga, doña Anna!

—Espera, hija, una siñora Fine, vecina que también se llamaba Anita, tuvía amante español que mandó ramo que apenas cupía en corredor. Modesta recibió. *Zeide* preguntó. Yo dijo no sé de quién es. Llegó siñora Fine y explicó a *zeide*. Y *zeide* dijo: "Que ponga apellido, por favor". No, guapísimo amante, llegó con mercedes benz que hasta tronó la casa una noche… A mí no importa que cada quién haga que quiere. Boeno, marido de ella también guapo, y muy fino, gustaba hablar con mi papá. Pero no tengo culpa de tener vecina *curvita*, y bien *curvita*. Yo no voy a pagar por ella. Ella ya va a pagar.

—¡Que no, señora, lo de las flores!

—¿Qué florres, hija? Ah... florres, pero yo no compré, fueron de Consuelo, lavandera. Ya ricuerdo...

—¡Ésas, señora Annita! ¿Ya ve cómo nomás se hace?

—Enamorado mandó a Consuelo. Él tuvía huertas en Xochimilco y Consuelo no quiso tener en casa, por hijo. ¿Acuerdas qué florres, Modesta?

—Ay, eran unos geranios que hasta daba gusto verlos.

—¿Geraños? Pero arreglo grandísimo. Con florrecitas chiquititas blancas...

—No, eran rojas.

—Estuvían también chiquititas blancas.

—Esas son las nubes que se venden en el mercado, doña Anna.

—¿Cuánto cuesta hoy arreglo así?

—Ay, ni me lo pregunte, señora.

—¡Bueno, y qué pasó! —salto, ya desesperada.

—Boeno, llegó *zeide* y preguntó, yo dije: "De mi amante". Casi desmaya. Yo expliqué. "¿Con quién me celas, idiota?, yo voy a buscar con quién, para que sea con motivo, no me falta quién". Sirvió de lección, hija, porque él preguntaba todo día con quién hablas, por qué hablas, y todas babosadas.

—Debes haber tenido muchos pretendientes, *bobe*...

—Yo no estuvía muy bonita, pero fea fea no, y blanca como mármol. Un vez, un tipo siguió, murmurando cosas que yo no entiende, yo casi no hablaba español. Y siguió hasta puerta de casa. Yo no sabía qué contesta, porque no entiendo. Yo dije a portera Jovita, y ella gritó "¡desgraciado!" y echó cubeta con agua a él. Yo corrí por scaleras. En casa, Beckman pregunta qué pasa, a mí temblaban manos para abrir puerta. Afuera gran escándalo. Beckman asomó por ventana y vio tipo mojado.

—¡Pero cuéntele el otro, doña Anna, el del soldado!

—Ah... qué bueno que estuvía don Heraclio en la miscelánea. En un camión, un militar, ya sabes, "siñora, siñorita...", y sigue hasta tienda, y Heraclio grita: "¡Desgraciado, seguir siñora de noche!", y arroja botella. El otro corrió a parque, porque vivíamos frente de parque. Ya en Condesa. Pero en Mesones tuvíamos tres departamentos, uno nosotros, otro Beckman, otro despacho y rentamos cuarto a una siñorita, noventa pesos. ¡Aquellos tiempos! Yo trabajaba en despacho, vendía, iba con clientes, hacía libros de cuentas y hasta libros de gubierno... Sufrí bastante.

Se ha hecho el silencio.

Modesta sabe que esa frase es un punto suspensivo. Por eso, toma la iniciativa y me espeta, sin más:

—¿Y cómo te fue de temblor?

—Qué susto, ¿verdad?

—¡Oy, horrible! Cuadro que fortachón puso en pared hacía un metro adelante y un metro atrás.

—¿Y qué hiciste, *bobe*?

—¡Gritar!

—Por cierto, dice mi papá que el temblor horrible que me contaste fue el día que llegaron a México...

—No fue primer día, hija, sino a cinco meses. Yo estuvía embarazada, sacaron niña. No tuvía suerte para niñas... Mi muñeca rompió en Rusia, mi Múschinka. Yo nunca supía qué es temblor. En Rusia nunca, en Crimea un vez, pero en Rusia, no.


7


Las muñequitas de porcelana azul y blanca que trajo de Ámsterdam en uno de sus viajes con el viejo Boronsky dan unos giros sobre sí, y hasta hacen tambalear la mesita del pasillo, donde se encuentra el teléfono. Son dos muñequitas europeas con sus delantales y sus suecos, cerrando los ojos en una sonrisa soñadora mientras atrapan en su piel de porcelana un paso de canción popular.

Todas las mujeres ahí presentes las hemos visto. Un leve temblor ha ocurrido en el departamento. Nadie quiere mencionarlo.

Hay hijas que no nacieron, hijas que nacerán. Hay una diagonal en el tiempo en el que todas las muñequitas giran sobre sí rociando de historias los comedores de las casas.

Me uno al giro en el corazón de las palabras.

—Cuéntame más de mi *zeide*, ¿cómo era con sus hijos?

—Quería mucho, no pegaba nunca. Tu papá robaba pan, azúcar, que compramos en costales, para llevar a Itzik, un niño pobre. Un día tu papá rompió trajecito marinero por saltar la barda para ver a Itzik, y *zeide* castigó parado en rincón cargando un palo, pero qué palo, hija. Cansaba mano, entonces pusía en otra manita. Gritaba: "¡Quítame de aquí, mamá, quita palo!" —y de pronto la *bobe* está llorando como niño—, y yo pregunto qué hiciste, y él contó, y yo dijo: "No puedo quitar porque yo no pusí castigo" —se limpia las lágrimas, se levanta y se para en el rincón de la cocina y repite la escena, actuando todos los personajes a la vez, con un palo imaginario en la mano.

—¿Y entonces?

—Llegó *zeide* y dijo: "Vaya, ya vaya".

Estoy mirando cómo mi padre abre los brazos para recibirme en mi carrera, me sumerjo ahí y siento cómo se estremece, su rostro está húmedo y no se ha afeitado, viene de rezar el *kádish* por mi abuelo recién fallecido. Tengo seis años, giro sobre mí en un compás inalterable del tiempo.

—… y un día tú papá buscó, en barril de sótano, un pipino para Itzik, y cayó en barril. Yo grito en toda la casa "Luzia, Luzia, dónde está hijo!" —ahora sale hasta el pasillo gritando en ruso y abriendo los brazos—. ¡Hijo no está! Pero criada María buscó en sótano y vio en barril. Sacamos, desvestimos y metimos en cobija. Doctor llegó. No, hija, hasta ahora *zeide* no sabe nada de esto. Pudía pegar. No, qué digo, ¡matar!

Por fin se sienta, agitadísima. La escena queda en suspenso, hasta viene entrando de regreso la *tutta* Lena en la cocina. En algún momento del fragor, se había acomodado en el sillón de la ventana.

Hay un plop de aceite derramado en la memoria.

## 8

—Espalda caliente, estuvo en sol… —me dice la *tutta* Lena, acercándose—, toca hija, toca —y me da la espalda para que se la toque.

—Sí, *tutta*, está tibia.

—Sí, hija, mano también. Dolió mucho toda noche, ¡demoños! Calienté tantito en sol.

La *bobe* Anna la remeda ostensiblemente con voz chillona. La *tutta* sonríe.

Entonces, furiosa, exclama casi en un grito:

—Lena estuvía muy guapa, pero así de guapa, mala, y coda.

—No, si es que deveras, yo no sé cómo —corea Modesta. Anna no para:

—Anda en trrapos todo día, batita de batista, pero tiene de duvetina y no se pone.

La *tutta* Lena se aleja en cámara lenta hacia el sillón a leer, se cubre de chales bajo el sol de la ventana.

—No, si ahora que me opere no las voy a dejar que se bañen. La dueña del edificio de Chilpancingo, donde vivía tu *bobe*, se ahogó en la tina. Por eso yo las baño. Las cuido más que a mi mamá. Y mi mamá ya tiene setenta y siete años.

—Es joven… —dice la *bobe*—. Vida es de setenta, hija, demás es regalo. Yo tengo dieciséis en regalo, porque yo me intereso en pobres, Dios sabe. Modesta no se crio con padres, y es persona que más nos cuida, ¿ya ves? Así es la vida.

—No, si mi bisabuela murió de ciento diez años, y tenía sus cinco sentidos.

Yo la cuidé un año cuando era chica.

—Mamá de Modesta cosía a mí. Mira hija —y me enseña un pañuelito bordado por la mamá de Modesta, que siempre trae en el bolsillo del delantal—, qué pañolito. Otros robaron. A tu mamá robaron equipo de novia y abrigo de astracán y un brillante. No estaban asegurados. Tuvían que comprar otro.

No puedo creer lo que me dice. Obvio, le creo. Que mi madre tuvo que comprar otro "equipo" de novia me resulta de una extravagancia en la historia de mi vida que me rehúso a asimilar. Ella me rogó tanto que aceptara un vestido blanco para la fiesta que me harían después de mi furtiva firma matrimonial en el juzgado. Y yo me negué como si me fuera la dignidad en ello.

Prefiero volver a la vida de la abuela que cada vez más desdibuja la mía.

—¿Y Mischa, tu otro hijo, *bobe*? Nunca me cuentas nada de él.

La *bobe* siente el zarpazo, que no se esperaba, suspira, murmura cosas ininteligibles.

—Le hacía unos desfalcos tremendos a tu *zeide* —dice Modesta—. Se llevó trece mil pesos, que son como un millón de ahorita.

—Un vez, salió de casa —comienza, al fin, la abuela— y no supía de él por dos meses. Muerto o vivo, pero quiero ver a hijo —se le llenan los ojos de lágrimas—. Y cuando llegó, Mischa dijo: "¿A poco por mí lloras?". No, hija, yo no olvido palabras hasta hoy. Tu papá nunca hizo ni dijo así, pero carrácter igual a *zeide*, *cohen*. *Zeide* peleaba todo día con Modesta. Un vez, cayó *zeide* por piso encerado, y trabó pies en sillón. Tres meses no hablaron. No, Modesta es bestia completa… Sufrí bastante.

Y con esta sentencia, se levanta porque ahora sí ya es hora de la telenovela de la tarde.

# 9

Cuando salgo a la calle la tarde viene bajando por la avenida Veracruz. La sigo, tan liviana como el hilo del sol anaranjado en el horizonte. Me lleno los pulmones del aire aún respirable de aquella Ciudad de México, quietecita durante los crepúsculos, con los pájaros revolando hacia los árboles de los muchos parques.

No sé cuánto he caminado, hasta que una punzada me detiene. El impulso es tan inmediato como contundente. Corro hacia un taxi, doy las señas al chofer. El camino será largo, por el periférico, hasta la zona de Echegaray, con sus viviendas ajardinadas y sus farolas de bombón. Durante el trayecto, me he echado en el respaldo con los ojos cerrados, concentrándome en la punzada en el centro de mi cuerpo.

Bajo del taxi en una privada en forma de herradura. En uno de los balcones de los dúplex, la silueta inconfundible resalta a la sombra de la lámpara de escritorio. Un ficus recortado da la bienvenida al hogar, junto con un triciclo y una bicicleta color de rosa con canastita al frente.

Lanzo un silbido de cantinero, en el cual soy muy diestra. La silueta en el balcón se sobresalta. Un nuevo silbido. La silueta se asoma.

Ocho minutos después, Estoy trepada a horcajadas sobre el cuerpo del criminal, rodeándolo con brazos y piernas. Embisto. Él se sostiene con ambas manos de la alambrada, todavía descosido por la sorpresa.

—Si te hubieras tardado un minuto más, me habría ido para siempre… —le digo, recostada en su hombro, antes de despedirme.

No fumo, pero en esta ocasión le quito el cigarro y doy una breve fumada, más para contemplar el humo que parece blanco en la clara nocturnidad.

Nos hemos refugiado en el patio de una de las casas en venta que a esa hora permanecen a oscuras.

—Espera, subo a casa por las llaves de mi coche y te llevo de regreso… —me dice.

—No.

Me desprendo del beso y me echo a correr hacia la caseta del fraccionamiento donde pasan los taxis.

# Séptimo tiempo

## 1

El criminal se mantuvo en el "usted" hasta que recibió mi flor abierta bajo su boca. La flor de dobles labios, enervado el botón expuesto, mientras temblaba en el tenue soplo del aliento. La morada flor a punto del desmayo, intocada aún, delante de una plegaria silenciosa.

Será la primera vez que ese hombre me conozca. Como se conoce en la Biblia. Porque yo se lo pediré, no una, sino ¿cuántas veces?

Las vigas de madera redonda pendiendo del techo y el fresco abrazo del ladrillo esmaltado, hacen de la bodega el espacio justo para el momento. Pequeños vasos escanciados en una de las bodegas de Casa Martino.

Con la parte frontal de la lengua, había yo percibido el vino, según las instrucciones recién recibidas; el gusto amargo me pasó por los costados y me dejó la sensación de sequedad. Algo como cereza oscura se me quedó en el paladar mientras cerraba los ojos y me dejaba ir de espaldas hacia la mesa de mármol negro.

—Ahora va a sentir, Tatiana, en verdad va a sentir.

Ese "usted" me parecía más vicioso que nunca. Pero, por lo mismo, era inconmensurable.

Esto había ocurrido al tercer encuentro con el criminal. Pronto se iniciaría la imposibilidad de separarme de ese veneno.

No hubo demasiado que decirnos entre Javier y yo. Firmé el divorcio con el mismo gesto con el que había firmado el acta matrimonial. Entre sorprendida y jocosa por la aventura que estaba iniciando.

No imaginaba que la verdadera aventura sería este pacto bajo las jacarandas con un trío de ancianas en un apacible antecomedor, el que me sacaría de mi pasmo.

## 2

La escena me sobresalta.

Anna está en el comedor grande hablando con el señor Ruthman, "viejo amigo", me explicará después. Quien me recibe en la puerta es la *tutta* Lena, enojada:

—¿Por qué tan tarde, hija?

Estoy a punto de responder que me retuvieron en el revelado de unas fotos, pero apenas abro la boca, cuando la *tutta* Lena se da un golpe en la frente y dice:

—Oy, oy, oy, estuvías ocupada, hija, sí, sí... —y se va lentísima hacia la cocina. Al fin, la *bobe* me presenta, orgullosamente, con el señor Ruthman. Me disculpo por la tardanza, pero la abuela me sonríe diciéndome que no tengo que dar explicaciones. Modesta, desde la cocina, me grita:

—¡Te iba a estrangular si no venías!

Modesta se ha esmerado preparándome mole casero desde el día anterior para que yo pueda también probar sus excelencias. El señor Ruthman se despide, la abuela, melosa, lo acompaña a la puerta, con muchas frases y muchas sonrisas. Pero una vez afuera la visita, se transforma en el acto. Se vuelve áspera y monosilábica. Se sienta, muda, a comer.

Trato de sacarle conversación:

—¿Quién es el señor Ruthman?, ¿cuándo lo conociste?

—Amigo de Rusia.

—Y de los fieles —dice Modesta.

Largo silencio. Hasta que la *tutta* Lena murmura:

—Quere caldito...

—¡Caldito! —la remeda furiosa la hermana—, quere caldito la printzesa —y en plan de mártir se levanta a servírselo.

Modesta, desde su banco junto a la estufa, le grita:

—¡Siéntese doña Anna!, yo le sirvo, deje los platos —pero no se mueve de su lugar. Anna va y viene sirviendo. La *tutta* Lena me dice:

—En vez de comer, anda danzando en cocina y se va enfriar comida. Yo no entiende ese costumbre... fea costumbre...

Anna sólo crispa las manos y le azota a la *tutta* Lena el platito de caldo.

Murmuro "qué rica comida". Y lo repito tres, siete, catorce veces, en el amargo silencio.

La *tutta* me pregunta por el jorongo que traigo puesto, una pieza colorida que conseguí en un mercado de artesanías de Coyoacán.

—Ah... muy bonito, bordado en mano, hija —dice con el brazo errático en el aire, tratando de tocar el jorongo.

—No, *tutta*, es de máquina, mira el revés. Ella lo tienta, ve el revés, dice:

—Ah... bordado en mano.

—¿No le están diciendo que no, doña Lena? —se enoja Modesta.

—Ya es muy difícil conseguir uno bordado a mano —explico.

—No digas más, hija —dice finalmente, con cansada rispidez, la *bobe*—. Lena no ve nada, no sabe nada. Digas máquina, digas mano, para ella es mismo.

—No, si los bordados a mano, sólo en los pueblos, como en mi pueblo que mi mamá sí de a de veras bordaba a mano, ¡y qué bordados!, unos pajaritos con su pico dorado y con cadenas de rosas bien coloradas —la frase de Modesta es una súplica para que surta efecto la magia.

La *tutta* Lena vuelve a tocar el jorongo, y murmura:

—Muy bonito... bordado a mano.

No puedo evitar soltar la risa, nadie me acompaña. La *tutta* Lena vuelve a murmurar:

Tuvía frrío, cólicos en espalda, hija —trae varias blusas sobrepuestas, varios suéteres y chales encimados. Anna le jalonea el chal que está enredándose en el plato. La *tutta* Lena ríe quedito.

En vista de los silencios, Modesta, que no está dispuesta a desaprovechar esta sesión, con la boca callada, le sube al volumen de su radio:

—"¿Qué haría usted en este caso?" —ruge el locutor—, "la mujer golpeada".

El abogado, invitado al programa, aconseja a la mujer que se defienda también golpeando.

—¿Ya ve, doña Anna? —la incita Modesta.

La *bobe* por fin responde:

—En mi vida yo aguantar golpe. Tatiana encuentra, al fin, la entrada:

—¿Nunca te ha pegado nadie, *bobe*?

Anna parece enloquecer. Se levanta de golpe, ladeando la mesa, suenan los platos. Grita algo en ruso que no entiendo, pero no me atrevo a preguntar. Entonces Modesta toma la palabra, feliz:

—Yo le pegué con un palo de escoba a mi patrón que le pegaba a su mujer. De a de veras. Era yo flaca y bien chica, como de diecisiete años. Y gracias a mí, dejó de pegarle, le compró un abrigo de mink, joyas y casa en Cuernavaca. Se la llevó a vivir a España. De allí me escribieron, agradeciéndome todo, bueno, ella más que nadie. Pero luego me cambié de casa y ya no pudieron seguir localizándome... La abuela regresa a su asiento, come sin ganas, mirando el plato, deteniéndose la cabeza con el puño izquierdo. Modesta no para:

—... También le pegué a otro patrón, a los catorce años. Mi tía me regañó mucho. Le di sus buenos palos...

—Te voy a enseñar fotos —irrumpe en un compás de silencio, la *bobe*, como despertando de un marasmo, como si estuviera diciéndome: si no puedo hablar hoy, que lo hagan las fotos, no quiero decepcionarte, Tatiana.

## 3

Nos dirigimos a la recámara. La abuela saca una caja de cartón, y la desparrama sobre la cama. Son viejísimas las fotos, tanto, que casi no se distingue lo que hay allí. Pero mientras más pequeña y borrosa la foto, la *bobe* reconoce mejor al personaje, y comienza a contar vida y milagros, y cuándo y cómo y dónde: la historia entera de la fotografía. La recámara se hace grande, inmensa, para que Rusia entre, y París, Israel, y México y se hace honda para llenar casi cien años de vida, de muchas vidas.

—Ésta es de *barmitzve* de sobrino de Boronsky, ah, gastó el viejo medio millón para traer sobrinas de Holanda, donde refugiaron después de guerra, pero mataron allí maridos, hija. Ni modo… Éste es Lúlik, mío sobrino, niño violinista que estuvía prodigio, a nueve años tocó concierto grran sala, y Stalin estuvía, y mandó llamar a mamá de niño, porque papá muerto. Mamá sustó mucho, tú sabes, todo sustaba en Rusia, y piyor Stalin. Pero bestia Stalin regaló violín a niño, dio denero, pagó carrera. A dieciocho años, dio concierto que no poedo contar, divino, grran prodigio Lúlik…

—¿Qué pasó con él, *bobe*?

—Desde guerra no supíamos nada más de ellos… Mira, éste es en Chapultepec, compré vestido de cuadritos con brazos de fuera. Y aquí, en Comanjía, con siñor que tú no conoces…

—¡Cómo que no conozco, si es mi papá!

Ríe la *bobe* barajando las fotografías, en todas las que sale con Boronsky, ella se ve arregladísima y enjoyada, abeja reina:

110

—Aquí sobrinos de Filadelfia. No vi desde que salí de Rusia. Un vez, yo estuvía en Nueva York y hablé por teléfono, "vengan a visitarme". No vinían. Yo dijo ni modo, yo no voy ir... Mira, hermana Réizele, con marido.

—¿Tu hermana? Déjame ver, ¿no has sabido de ella?

—No supía nada desde guerra. No sé viva o muerta.

—¿Cuántos años tendría ahora?

—Setenta. Ella tuvía cinco cuando yo casé. Chiquita... Mira, otro hermano, Yosik, morió de trepanación... Ah, mira suegros.

—¿Mis bisabuelos, los papás del *zeide*? ¡Déjame ver!

—Bisaboela es tú, hija, Tatia, por eso te llamas así.

Me abismo en la fotografía, siento una eufórica congoja.

Así me despido. Sin más palabras. Con los ojos llenos, el corazón como una garza que acabara de descubrir un recodo de agua.

En la silla del comedor grande, junto al sol de la ventana, la *tutta* Lena duerme cubierta de chales.

Todo tiene una luz de cuchillo fino, pero no hiere, la avenida, las palmeras, el horizonte y el sonido lánguido de un organillero en alguna equina.

La fotografía de mi bisabuela de la que tomo su nombre.

Ahora sí estoy sintiendo, en verdad estoy sintiendo.

Es algo muy diferente de los incendios que deposita el criminal en la migración de las nervaduras que recorren mi cuerpo. Es algo submarino, con los ojos abiertos hacia una lentitud donde el tiempo ondula nada más. ¿Cómo explicar que no toco piso?

Soy la bailarinita de la caja de música girando en un mar de fondo.

# Octavo tiempo

## 1

Hay un balcón que canta en cada esquina. Y una hilera de aplausos como ola que crece desde las ventanas hacia las calles solitarias.

Nos ha golpeado la pandemia del covid-19, un virus que es pura cabeza coronada y va regando cadáveres por los cinco continentes.

Nadie sale de sus refugios. Salvo los héroes, los hambrientos y los necios. Le cantamos a la luna porque el alma se rompería en pedazos si no lo hiciéramos. Aplaudimos al personal de salud que está en primera fila del embate, porque la culpa y la admiración nos obligan. Pienso en mi pequeña Judith, enfundada en su traje de astronauta médico, recibiendo a prematuros en el Hospital General de la ciudad y creo que voy a golpear las paredes de mi casa, romperlas con mis propias manos, para salir volando por ella.

Mi pequeña Judith, como un higo dulce que brotó del impensable encuentro en altamar, que sembró el destino por el que tuve a mi segunda hija. Judith, porque significa la alabada y es la salvación de todo un pueblo. Judith vino salvar el pueblo de mi corazón y pobló el corazón de Giorgio, su padre.

¿Cómo le contaré a mi nieta, si llego a tenerla, este naufragio?

¿Cuál será mi samovar perdido?

¿Podré remedar, con el histrionismo de mi abuela, los discursos de los políticos, los memes en las redes sociales, los pleitos caseros por una estupidez en medio de un confinamiento mundial?

¿Cómo puedo estar sin saber nada de Samara que trabaja como ambientalista en comunidades rurales desconectadas de internet?

Mi abuela cruzó revoluciones, guerras mundiales, pogromos, holocaustos, pérdida de hijos, de padres, de hermanos, de maridos, de patria, de idioma, y aún podía perfumarse para salir y cocinaba galletas para mí y me contaba cómo "llegó verde de óxido de mar" el samovar invencible.

Necesito regresar al antecomedor de la *bobe*, quiero mi comida, los murmullos de la *tutta* Lena, los regaños de Modesta, mis dubitaciones juveniles por un criminal, y ese olor genuino, eterno, torrencial, de un samovar a la deriva, humeando en algún lugar que me espera.

## 2

La *tutta* Lena está sentada al sol.

—¡A comer, Lena! ¡Siempre hay que gritar, siempre hay que gritar a ella!

La *tutta* Lena se levanta muy lentamente, y flota envuelta en chales hasta la cocina, murmurando:

—Calienté tantito spalda, doele mucho, hoy bonito sol, por eso calienté…

Se sienta a la mesa y quiere cortar un pedazo de pan, pero no puede, y no deja de murmurar:

—No filo este cuchío… no filo —coge otro y sigue en lentísima batalla. Mientras tanto, la abuela va enumerando todo lo que sufre por ella.

Tengo que seguir a ambas, porque la *tutta* Lena no deja de murmurar, y la *bobe* no deja de quejarse.

—Hoy lavó pelo, no quedó bien…

—Sí *tutta*, te quedó muy bien —le digo.

113

—No, hija —y se soba los mechones tratando de acomodarlos. La *bobe*, desesperada, va sirviendo la comida. Modesta no está.

—¿No foiste Beias Artes, hija? —me pregunta de pronto la *tutta* Lena. No salgo de la sorpresa—. Ballet ruso, hija, y también música de Israel. ¿Con quén yo poedo ir? Hijos no van, *bobe* no va, ¿con quén yo poedo ir? No va, no va.

—¿Te gustaría ir, *tutta*?

—Viejez no boena, hija, ¿con quén poede quejar de viejez? No poede. Así es, y ya. Spalda calienté...

Clic. Me viene el chispazo como la imagen de una fotografía que tomo con los flashes de mis neuronas.

El tema de conversación de este miércoles está, finalmente, sobre la mesa:

—¿Les gusta la música rusa?

Anna dice que le gusta, y la conoce, pero que no quiere ir, no quiere saber nada de Rusia, bestias, no le importa. ¡El antisemitismo que existe todavía ahora! Son malos hacia los judíos. Ella pudo ir hace poco, la última vez que estuvo en París, pero no quiso. No quiere volver nunca.

—Pero toda tu familia es rusa, ¿no? Y tus ancestros, ¿no sabes desde cuándo?

—No, pero aboelos, bisaboelos y tataraboelos, todos rusos, quién sabe más atrás...

—¿Nunca hubo matrimonios con rusos no judíos?

—Sí, poco.

—¿Y tú te hubieras casado con uno?

—No. Yo tuvía primero cabeza, es lo más importante.

—¿Te hubieran permitido, en tu casa?

—Papá hubía moerto si yo caso con goy.

—¿Y si te hubieras enamorado?

—Aunque hubiera enamorado, no, no.

Sus respuestas son cada vez más veloces, contundentes, casi iracundas. Por eso mismo, sigo insistiendo:

—¿Pero no el amor es lo más importante, *bobe*?

—Yo procura no enamorar. Si amigo de escuela decía "¿poedo llevar a casa?", yo decía "no, gracias, van a venir por mí". Porque goy, un vez acompaña, otro vez beso, otro vez quiere más cosas, y no. Si primer vez pasa, uno enamora. Pero yo tuvía primero cabeza, yo contrrolaba. Quería casar con yid.

—¿Aunque no estuvieras enamorada?

—Yo enamoré de Piñe.

—¿Y por qué no querías casarte con un goy?

—Goy malos todos. Todos malos.

Es obvio que esta abrupta sinceridad le viene a la abuela porque Modesta no está en casa. Así que aprovecho para confrontarla:

—*Bobe,* tú siempre estás diciendo que en todas las religiones y naciones hay buenos y malos.

—Bueno, digamos que mínimo son buenos. Pero hay dicho en hebreo: "No hay goy bueno". Nos odian mucho, luego maltrratan a mujer, son malos. Yo no quiso. Yo de Piñe enamoré. Anduvíamos seis meses, y yo vi hombre bueno, trabajador, honrado, nunca dijo mentira, y yo poedo jurar por él ahora que nunca dijo mentira… Aquí goy son hipócritas, te dicen "uy, uy, uy", pero no te quieren. En todas partes odian a nosotros…

Me muerdo la lengua, a punto de preguntarle si ella nunca le había mentido a él, pero llega Modesta y arruina la cosa, porque la *bobe* sigue su discurso con tal naturalidad, como si de eso se hubiera estado hablando:

—… hay que decir cosas como deben ser, como hacía en junta donde soy presidenta, y dije a una sus verdades, pero sin ofender, y no frente a demás personas. Sienta hija, coma —le dice a Modesta.

Modesta, de malas, azota las bolsas de las compras, y pregunta casi gritando:

—¿Ya comió doña Lena?

—Comió —dice la *bobe* patéticamente—, comió y muy bien comió —y se levanta a quitarle los platos a medias. Mientras, vuelven a las quejas:

—Ñeta de Lena, Irina, trajió priciosos quesos, tres, y Lena no convidió ni probada, en noche yo abro refrigerador y no estuvían quesos. Boeno, son filadelfia, yo no como, pero pudíamos preparar en otro modo…

—No, señora, cuéntele lo del pan duro que me dio… —corea Modesta desde su banquito.

—Dio pan durro a Modesta, durro piedra, hija…

—Ah, pero yo me lo comí, doña Anna, con todo y lo duro.

—No, yo como queso americano, hija…

—No, también mexicano, no se haga, señora.

—Boeno, cuando no hay, no hay… Ah, Modesta da camisón a Lena en mano, porque no confía ni en propias manos. No, hija —suspira mesándose los cabellos—, cuando viene Pola de Bronsville, que se lleve a ella, voy murir antes de tiempo por corajes. ¡Voy murir!

La *tutta* Lena suelta una risa fugaz. La *bobe* se vuelve a mirarla, a punto de asesinarla. Modesta dice:

—No, si es bien burlona…

—Es risecitas de sadista… ¡es tzínica, y yo moero en corajes! Mira, hija, vamos un otro día a visitar a señora Garber, y yo dijo a Lena "no es bonito llegar con manos cruzadas, es primer vez que vas a entrar en casa, no pudías llegar con manos cruzadas, llegas con cajita chocolates, no manos cruzadas". Pero yo hizo galletas en horno, y Lena ve que yo llevo galletas, y ya no compra ella chocolates.

—¿Parra qué más? —murmura la *tutta* Lena.

—¡Bah! ¿Parra qué más? —grita la *bobe* con un plato amenazante en la mano.

Debo intervenir de inmediato antes de que se desate aquí otra guerra mundial:

—*Bobe, bobe*, tengo varias preguntas que hacerte, ven, siéntate, primero dime, ¿cuántos judíos había en Shmérinka?

Anna parece que se serena, se acomoda en la silla:

—Seis mil, o doce mil. Hubía árabes, alemanes y italianos. Cuatro divisiones de ejército, con veinte mil soldados cada una, porque allí estuvía residencia de zar Nicolái. En sábados hicimos paseo por corridores de residencia. Priciosos.

—A ver, cuéntame de los trabajadores.

—Hubía campesinos en rededores. Y empleados de industria y artesanías, que hicieron los goy. Y comercio hicieron judíos.

—¿Había templo?

—¡Ja!, y qué templo, como aquí de Acapulco 70, y hubía cinco más. Dos hospitales grandulones, diez farmatzias, bancos, banco rural, industrias y manicomio…

—¡Ay, doña Anna, eso no es industria! —exclama, desde su púlpito de estufa, Modesta.

—Boeno, locos hubía bastantes. Shmérinka no poeblo, fue como ciudad, bien grrande.

—¿Había luz, drenaje?

—Luz sí, drenaje no, tuvíamos casita para scusado —y se levanta para dirigirse a Modesta—, uy, Modesta, cocinamos en tascos de cobro…

—De cobre, señora.

—Y en parillitas…

—Sí, esas de tabiques rojos.

—Sí, y leña hubía…

—Ay, eso sí era cocinar, doña Anna.

—Y bañamos en gran tinas, dos veces por semana…

—A jicarazo limpio, señora Annita.

—Toda mi vida así, yo sudor con olor, no…

—Ay ni me diga, doña Anna, eso sí que es horroroso.

Se han olvidado de mí. Se arrebatan la palabra contando, como si ambas recordaran algo vivido en común.

117

La cocina es el centro de un mundo imposible que se trenza porque dos mujeres crean una lengua en común.

Yo estoy en un confín y la *tutta* Lena, en el otro extremo.

En el mío, cuelga una cuerda escandalosa e invisible que me ata a un criminal, uno de los goys más goys del mundo, por el que se me va el sueño; el de ella, es una cuerda murmurada de sueños sobre un chal inabarcable que la ata a un tiempo y a una tierra erradicados del mapa.

Sin duda, ella es mucho más feliz que yo.

—Cuéntame más de cómo era tu casa, *bobe* —pregunto, casi al aire.

Porque la abuela ha dejado de mirarme. Sigue dirigiéndose a Modesta, entusiasmada:

—En patio grandulón, tuvíamos casita para perro, Túzik, ¡ay, Túzik!

No puedo creerlo, la *bobe* se asoma por la puerta y comienza a llamar al perro, como si por aquí anduviera ahora.

—¡Túzik, venga para acá! Túzik pricioso…

Un hermoso perro de miel y leche pega la carrera por el pasillo hasta la sala. Sus ladridos encienden las orejas de contento. Túzik se me acerca y me lame los dedos de los pies, desnudos.

Siempre ando descalza en la alfombra de la abuela, como si quisiera acariciar con todo el cuerpo, empezando por los pies, ese mullido ambiente. ¿Mullido? ¡Si se pelean como niñas las ancianas, a punto de lanzarse los platos y a la vez con ladridos de perro chihuahueño de lo más conmovedor!

Me inclino a abrazarlo, pero Túzik salta hacia un aro que lo llevará de vuelta a su tiempo.

Todas lo vimos. Estoy absolutamente segura. Mantendremos el secreto. Parece que sólo yo siento el aguijón de la pérdida:

—¿Y qué pasó, *bobe*? —pregunto con los brazos abiertos y vacíos.

—Ladrones envenenaron con carne. ¡Ay, cómo llorramos todos a Túzik..!

¡Túzik!

El reflejo de miel y leche se evapora en un par de gotas enjugadas en los ojos de Anna. Vieja de nuevo, regresa a sentarse a la mesa.

## 3

Clic por allá, clic por acá. Nunca se me había ocurrido fotografiar escenas desde el encierro. Pero estamos en una cuarentena que pesa cada minuto un costal de plomo, y en varios museos me han solicitado series de mi perspectiva visual. El internet es hoy en día el cordón umbilical del planeta.

La goma de un lápiz mordido sobre una mesa de escritorio revuelto. La funda de una almohada con las arrugas de un rostro recién levantado. El reloj abandonado en una mesa. La jerga de la cocina contando demasiadas historias de platillos.

Cómo quisiera tener una cámara al revés para captar el golpeteo de mi corazón y la danza macabra de mis nervios en el pantano que llamo cerebro.

Mis hijas viajan al inframundo del virus y a la hondonada de un vacío de información.

Giorgio me mira desde el pequeño huerto que ha sembrado con especias en un rectángulo del jardín, me complace con los sabores mediterráneos que me enamoraron en otros tiempos, no quiere que olvide el torrente que habita en mí, me dice cuando me vence la zozobra.

Entonces, me echo un clavado al océano, invencible a los naufragios.

Voy al encuentro del samovar. Un criminal en suspenso y un antecomedor al que nunca fotografié, pero que aún persiste.

*

Y como si no hubiera dejado de hilar recuerdos, la *bobe* continúa ya con otro tema:

—María fue gran *baleboste*, ella enseñó a mí todo lo de casa, y a mis hermanas. Mamá prestó a María por un año a Réizele cuando casó, y llevaron a Odessa. María obligó a Réizele a trapear y barrer con todo y ocho meses de embarazo, para que haga ejercicio. Muy bueno. Yo tardé un hora en tener a tu papá. Cuatro kilos pesó.

—¿Dónde lo tuviste, en el hospital?

—¿Qué hospital, hija?, en casa, mi propia cama, con partera. Pusían hule en cama…

—Pero afelpado —dice Modesta—, no te creas.

—Yo no tuvía cuarenta días descansando, no costumbraba eso, hija.

Mamanté un año cada hijo. No hubían botellas.

—¿Y… cómo le hacían para no embarazarse, *bobe*?

—Hubía condones, hija —responde, con total naturalidad.

Realmente, me sorprendo, por la palabra tajante y por la asertividad.

—¿En la religión judía se permite el control natal?

—No.

—Pero… si mi *zeide* era tan religioso, ¿cómo lo permitía?

—Bah, hacía. Yo no tuvía demasiados abortos, sólo trrece. Lena hizo diez y siete.

Ahora sí, casi me desmayo.

Contemplo a la *tutta* Lena: es una borlita de algodón meciéndose en la silla

¡Diecisiete abortos!

—¡Pero cómo, *bobe*, cómo se permitía!

—Hacía y ya, hija, esperaba tres meses. No permitido, pero no pregunté, hacía. No voy a tener más hijos.

120

Con dos, y bolcheviques, suficiente, hacer colas desde cuatro de la mañana para media libra de pan…

—Oiga señora, ¿pero a poco no es peligroso un aborto a los tres meses?, yo digo que hay que hacerlo antes, o después, pero no a los tres meses —dice Modesta.

Les explico, carraspeando, que debe ser antes, y no después. La *bobe*, inmutable, vuelve a decir:

—Hacía, no prreguntaba.

—¿Qué tú ya te hiciste uno, Modesta? —le pregunto con sorna.

—¿Yo? ¡Si yo no he dormido acompañada!

—¿A poco?

—Claro, si no, no sería señorita.

—¿A poco eres, Modesta?

—Yo no he dormido acompañada. Pero sé todo porque he leído. Yo he leído mucho, y siempre he querido saber de todo.

Siento que debo insistir, aunque la *bobe* se haya puesto un poco a la defensiva, un poco cortante, o indiferente:

—Dime, *bobe*, ¿mi *zeide* te dejaba abortar, o lo hacías a escondidas?

—El supía, él supía…

—Pero cómo, *bobe*, su religión…

—Mira hija, religuia es una cosa, y vida matrimonial, otra. *Zeide* fue más religuioso que Boronsky. Yo prometí a los dos, cuando casé, hacer hogar judío, y cumplí pie de la letra. *Kósher* siempre. Ahora ya no dejo esa costumbre. Pero yo viajo en sábado y los dos no impedían. Pero *zeide* dicía: "Toma coche en otra esquina, que no te vea gente tomarlo enfrente de casa"…

—Entonces estás a favor del aborto…

—¡Claro!

—Bueno, y a ver dime, ¿las mamás les contaban a las hijas que se iban a casar, cosas de… de sexo?

—Yo supía más que mi mamá. Porque leí. Es libro de un scritor… no, no mi ricuerdo nombre…

121

—De una escritora, doña Anna, francesa.

—No, un scritor… —se remueve en su silla, con creciente incomodidad—. Boeno, compré libremente, en puesto de periódicos.

—¿Había libros sobre sexo en los puestos de periódicos?

—Sí hija, Shmérinka muy grrande, por eso hubían tres periódicos.

Me da los nombres en ruso de los periódicos, que los recuerda con filo y velocidad. Pero no logro reproducirlos en mi cabeza.

Dicho esto, toma de la mesa una carta del Deportivo Israelita, que no es para ella, sino para una huésped que tiene en el cuarto de visitas, con lo que se ayuda algo económicamente, y la lee en voz alta. Luego la rompe y la tira al cesto.

Al fin, entiendo que debo cambiar de tema:

—Bueno, *bobe*, hay algo que no entiendo, ¿por qué si los bolcheviques querían justicia e igualdad, tú estabas en contra de ellos?

—No quiero hablar de ellos. Bestias.

—Por favor, *bobe*.

—Yo soy siempre socialista, porque comunismo no es malo, cuando hacen como debe ser. Pero ellos llevaron para su bolsa, para provecho de ellos. Todos deben tener techo sobre cabeza, y campesinos y todos vivir decente, pero bolcheviques, bestias.

—Y cuando te preguntan qué eres, ¿qué contestas?

—Judía.

—¿No dices rusa?

—No.

—Bueno —interviene Modesta—, eso le dice a los que ya conoce.

—¿Y tu patria, *bobe*?

—México. Donde yo como y duermo es mi patria.

Anna siente que ya ha confesado mucha intimidad. Su mirada se ha puesto esquiva, sus manos erráticas.

La he obligado a contestar, y ella lo ha hecho con seca vehemencia.

Modesta prefiere callar delante de este preciso tema, lava con mucho ruido en el fregadero.

Creo que ya debo poner el punto final el día de hoy, pienso. Pero la *bobe* se me adelanta:

—Todavía no terminé hoy periódico, leo todo *Excélsior* y periódicos idish que hacen en México —me dice, y va levantándose mientras murmura sin mirarme, dándome la espalda—. Ya conoces Shmérinka.

No quiero que se vaya, no así.

—No, *bobe*, me falta mucho. Quiero conocer todo, de dónde vengo…

—Sí, porque ahora ya todo es diferente —agrega Modesta, reconociendo mi inquietud, identificándose en esa misma inquietud.

—Por eso, quiero saber de mis ancestros, tengo que conocer el pasado para entender el presente.

Pero la *bobe* ya no escucha. Sólo se detiene para decirme:

—Y no olvidas mandar a mí ropa para los pobres, y la blusa negra para Modesta.


4


El pacto bajo las jacarandas, en aquella fiesta de aniversario de mis padres, había sido un gesto tan espontáneo, nacido de la confluencia de un momento exacto y de un lugar preciso.

La abuela fue la única que me miró desde el fondo de la sala, y me invitó a acercarme, con los brazos abiertos, realmente feliz de que hubiera llegado. Era la nieta primera, la mayor. Yo le había dicho que extrañaba los sabores de sus guisos, como cuando era pequeña y se seguían las tradiciones de las celebraciones judías alrededor de la mesa.

"Tú vienes a mi casa, yo te hago comida". ¿Qué más? Brillos en los ojos de ambas.

Ahora que han ido transcurriendo estos encuentros, me pregunto qué es lo que busco, por qué hay días en que ya no puedo esperar a que llegue el miércoles, algo me falta, o algo tengo metido entre los ojos que sólo ante la presencia de Anna se revela.

Me seduce el pleito entre las hermanas viejas y las discusiones con Modesta. Todo esto parece ser más real que mis fotografías y mis reportajes, más real que el recorte de cuerpos que nos hacemos uno al otro, el criminal y yo, con las tijeras de nuestros dedos sobre la piel, con las pulpas de nuestros labios.

# Noveno tiempo

## 1

Lo menos que se me ocurre es enamorarme de un judío. Nunca ha estado en mis planes. Así que Javier apareció un domingo de flojera total en casa de Dora, la amiga que reúne almas perdidas, rescatadas de aquí y de allá, ante un platón de pollo rostizado y copas de vino blanco.

Van llegando y encuentran por encantamiento su lugar entre las almohadas felpudas en el suelo. Javier usa lentes cuadrados y tiene un bigote delgado y oscuro. Su tic es recogerse el mechón lacio que le cubre media cara. Pero despliega una mirada, entre huérfana y risueña, que no puede uno soltar.

No sabe ni qué son los judíos, pero de buenas a primeras, me considera una diosa griega que un hechizo le ha puesto delante. Porque hablo, en una tarde, lo que él no ha pronunciado en meses.

Discutimos el fin de un mundo podrido. Y nos proponemos sembrar otro. Mientras tanto, él trabaja en una agencia de viajes, algunos fines de semana de mesero y prueba suerte retomando su segunda carrera truncada, esta vez, en economía.

Cuando la abuela se enteró, el mal ya había ocurrido. Entonces, juntó la mitad de su juego de cubiertos de plata y me mandó bordar una colcha con la señora Brumer.

Me citó, recién casada, un sábado en la tarde, mientras Boronsky se encontraba rezando en la sinagoga, y me recibió con un beso tronado en la boca, a la manera rusa. Me dio los regalos y me bendijo en tres idiomas.

Todavía me pidió perdón por no haber ido al coctel que me organizaron mis padres para dar la noticia al resto de la familia. Boronsky no la dejó ir. Ella no quiso contravenirlo. Me abrazó entre lágrimas.

Salí de esa cita con el corazón más oprimido que contento.

Había una lengua de culpa que se me pegaba por el cuerpo y me impedía caminar con el deleite con el que acostumbro apropiarme de la calle, a zancadas, con mis largas piernas desnudas. En huaraches, como una estatua de la libertad andante.

Hasta que un criminal se cruzó por mi camino con tan buena suerte, que yo misma lo ayudé a tirarme por la borda.

## 2

Irina, la nieta de la *tutta* Lena, está de visita.

Llego cargando la ropa usada que me pidieron. La *bobe* me recibe con grandes besos, arrebatándome un saco y diciendo que está precioso, que es una maravilla y que van a venderlo en ciento cincuenta pesos.

Y me bendice en idish para que se me cumpla todo lo que quiero, precisamente *eso* que yo tanto quiero.

Pienso que no sé exactamente qué quiero, pero la abuela está segurísima de saberlo, y actúa como mi secreto cómplice.

Irina se despide, y le dice a la *tutta* Lena que mañana pasará por ella para el cumpleaños de Lía. La *tutta* pregunta a qué hora, para estar arreglada. Irina dice que la llamará por teléfono, pero la *tutta* insiste e insiste, y todavía después de que Irina ya se ha ido, va murmurando rumbo a la cocina:

—… para star reglada…

Nos sentamos a la mesa. De pronto, la *tutta* Lena se queda mirando el cucú de la pared, y suelta un leve grito:

126

—¡Cucú! ¡Ay, ya no camina otro vez!

La *bobe* le da cuerda, y sale el cucú. La *tutta* Lena ríe mucho, gritando:

—¡Cucú, ay, cucú! ¿Ya no vas a salir otro vez? —y se le queda mirando. Luego me da su reloj de mano para que se lo ponga a la hora y le dé cuerda—. No sirve reloj, muy viejo. No poede durmir en noche, voeltas y voeltas. Levantó tres veces. Ahora mucho sueño. Dolió todo. No es boena viejez, *táiere*. Boeno, ni modo.

Probó su chile relleno y luego de pasar el bocado, dijo:

—Mí no come chile...

—¡Es de los grrandes, no pican! —grita Anna.

—Mi picó...

—¡Picó, picó, picó! —la imita burlonamente la *bobe*. Entonces, pruebo un pedazo del chile de la *tutta* Lena:

—Sí, *bobe*, está picoso —le digo.

Entonces la *tutta* se levanta lentísima rumbo al baño, murmurando:

—Si picoso... yo no poedo.

La abuela le cambia el chile por otro, y la *tutta*, ya de regreso a la mesa, lucha con un trocito de chile pegado al queso. Por fin se atreve a probarlo. La *bobe* ve pacientemente el espectáculo, y cuando la *tutta* ya mastica feliz el trocito, le arrebata el plato y le planta otro, con queso y crema. La *tutta* dice, con cierta agitación:

—Cvadritos queso... cvadritos sí... —y apenas alcanzó unos cuántos del plato de chile para pasarlos a su nuevo plato. Comió calladamente. Pero la hermana continuó:

—Muy bien servida la printzesa, hoy di en desayuno grran plato de crema y queso, ¡lo que coesta!... —y le recita los precios de todos los quesos en el mercado. Hasta que la *tutta* Lena murmura con el tenedor en la mano:

—Cobiertos leche...

—¡Claro, cobiertos leche, porque es chile con queso! —brama la *bobe*.

Me detengo a observar los cubiertos, sin entender. Mi abuela me explica que hay cubiertos para carne y cubiertos para leche, y no pueden mezclarse. Así es, y ya. Y vuelve a la andanada:

—No vamos dar a Lena más chile, Modesta, todo pica a ella.

—Ay, sí, con Boris comía comida mexicana, nomás se hace —corea Modesta.

—¡Lo que cuestan los chiles!

—Y las sobras no se tiran, yo, si está limpio me lo como, no quiero desperdiciar nada por lo caro que está todo.

—Yo no entiende, hija —me dice la *bobe*, mirando a la *tutta* Lena, que come, imperturbable—, hermanas de mismo padrre y misma madrre, no de padrrastro… y ella es coda como horrible puede ser.

—Nadien somos iguales, señora Annita, somos completamente diferentes —suspira Modesta, que le sirve grandes platos a Cira, su sobrina, quien no abre la boca ni alza la vista de la estufa.

Tengo que respirar lentamente un par de veces. El antecomedor es un frente de batalla con un chile de por medio a punto de explotar.


**3**


¿Por qué he guardado en su bolsita de tela a cuadros verdes y blancos la media docena del juego de cubiertos de plata de la abuela? He transitado por cuerpos y países. Y no me quedo, a veces, ni con una imagen.

He adorado la boca de un criminal que se robaba mis bocas con denuedo y constancia para que me muriera de asfixia sin ella.

Pero esa bolsita con sus cuadros verdes y blancos en mi mano me devuelve a mí misma. El tacto de esa rústica tela. La decisión de una mujer imparable que transgrede

128

la ley del hombre para darme la mitad de lo que ella tiene, cubiertos de plata para la hora de la mesa y para la hora de la necesidad.

La doble insignia de la estafeta que nos heredamos las mujeres para salvarnos del naufragio, cuando llegamos al altar.

## 4

Pregunto en qué *shul* se va a casar el hijo de Irina, bisnieto de la *tutta* Lena.

El aire se refresca y el picor de los chiles se suaviza.

—En Bet El. Pero Boronsky nunca acceptó Bet El, porque son reformistas, y nosotros somos ortodoxo *ashkenazis*. Nosotros *keilá*. *Keilá* es organización social y aparte tiene *shul*. Costó catorce millones de pesos hace dieciocho años. Cuando yo llegué a México, hubía *keilá*, en Justo Sierra, en una casa…

—Sí, en Justo Sierra —dice Modesta—, yo allí enceraba los pisos. Una vez me gané un premio por lavar las ollas, fui la mejor de todas para dejar limpias dos ollas de tu *bobe*, que sólo usaba en *Peisuj* y en *Rosh Hashone*. No, si te digo, yo estuve en las bodas de medio mundo, conocí a todos. Sacaba yo ciento cincuenta pesos de aquellos tiempos. Porque ahora que fui con trescientos a las bodegas de Aurrerá, no compré nada. Yo tenía seis años cuando tu *bobe* llegó a México, y a los nueve salí de mi pueblo, así que la conocí antes que las demás muchachas. Yo soy internacional, he trabajado con árabes, españoles, ingleses, americanos, franceses, alemanes, ora sí que con todos.

Intento captar la escena en la cual Modesta es una niña de nueve años llegando de un polvoriento pueblo de Hidalgo, y Anna, una mujer de treinta, emergiendo de un naufragio en el Atlántico, entre infinitos desiertos para encontrarse, una a otra, como Tierra Prometida.

—¿Y cómo es que ya había *shul* cuando llegaste, si eran muy pocos los judíos? —retomo, después del largo parlamento de Modesta, que enumeró con nombres, fechas, calles y anecdotarios de los albores de la comunidad judía en el centro de la ciudad.

—No había pocos —continúa Modesta—, antes venían más que ahora, también a Argentina. Pero ahora no sólo no vienen, sino que se van a Europa, Israel, o Estados Unidos.

—Después hubía *keilá* en calles de Yucatán… —sigue la *bobe*— …y luego en calle de Acapulco. A mí no gustan reformistas.

—Pero es igual que entre nosotros —dice Modesta—, ¡todos se reforman!

—Pero… hombres y mujeres juntos en *shul*, bailan en bodas y en español, y rabinos fuman y viajan… eso no es de rabinos.

—Va de acuerdo con la época —digo yo.

—¡Qué época ni "shmépoca"!

—¿Por qué quieres a la mujer relegada?

—Así es y ya.

—Eso no es lo importante —interviene Modesta—. Para los que creemos, como nosotros, lo que importa es tener respeto, pero por lo demás, es igual.

—Antes la misa era en latín —insisto—, ahora se dice en español, *bobe*.

—Y hasta en cuatro idiomas, doña Anna, porque en los lugares más así, no sólo van mexicanos, sino extranjeros, por eso dicen la misa en cuatro idiomas, para que entiendan.

—¿Ya ves, *bobe*?, ¿por qué no en español si aquí vivimos?

—No, no, *shul* debe ser idioma bibliotecal.

—Bueno —dice Modesta—, el hebreo era idioma que ya desaparecía, que ya no contaba, nadien le hacía caso. También por eso quieren que sea en ese idioma…

En medio de este alegato, Cira, la sobrina de Modesta, se despide, la vista fija en el suelo.

Modesta, furiosa, regresa de la puerta gritando:

—¡Me las va a pagar, yo se lo voy a decir! ¡Mugrosa patrona que no le da de comer!

—Bueno, yo di. Es lo pior para mí, comer sola y no dar a otro. ¡Fuchi!

Me explican que la patrona es una arpía asquerosa, coda y mustia. Y por eso la sobrina tiene que venir acá a comer.

Yo también me despido. Me agradecen la ropa que traje.

La *bobe* me pregunta si me pagan por lo que escribo y por las fotografías para el periódico,

—¡Claro que sí, *bobe*!

—Si ya nadie trabaja gratis, señora Annita, como está la vida… Si a mí me pagaran por estar viendo la tele, la estaría viendo todo el día, eso estaría yo haciendo.

La *tutta* Lena es una bolita durmiendo al sol de la tarde. Yo, una pantera rumbo al matadero.

# Décimo tiempo

## 1

Samovar es una palabra extraña. Navega en el idioma español en las novelas rusas que se cuelgan de la nostalgia de otras épocas. Incluso hay quienes han visto esos humeantes recipientes metálicos, a veces, tan grandes como elaborados, con sus asas de cisne y sus copetes de plata, en algunas películas semejantes.

Es la palabra por la que toda esta historia se me convirtió en torrente. Sólo sigo el olor de un antecomedor, en el que, muchos años atrás, me rescataron de un naufragio.

*Samovar*, no puede ser otro nombre el que dé cuenta de lo que habita en mí, en estos momentos en los que el mundo se ha puesto patas arriba.

El Museo Getty de Los Ángeles ha desafiado a los amantes del arte a publicar fotos de sí mismos recreando sus obras de arte favoritas desde casa, y la respuesta ha sido enorme. Desde Da Vinci a Botticelli, pasando por Picasso y Vermeer, Kahlo y Botero, El Greco, Matisse y más allá, el ciberespacio se ha llenado de selfis tan sofisticadas, hilarantes como deslumbrantes.

Una manera punzante, desenfrenada, liberadora, de acomodarnos al confinamiento, transgredir el miedo y lanzarnos al exterior compartiendo con la comunidad este impulso por seguir creando más allá de la sobrevivencia.

El desafío del museo Getty, en el que hay que recrear la obra de arte favorita con tres cosas que uno tenga en casa, se inspiró en la cuenta de Instagram www/instagram.com/tussenkunstenquarantaine/, desde Ámsterdam.

Pero, cuando supe que el centro de arte Pinchuk en Kiev, Ucrania, está haciendo lo mismo, no dudé en lanzar la iniciativa primero con los alumnos de mi taller de foto grafía transmedia.

En un par de semanas, cuando la curva de contagios de covid-19 ha subido casi en vertical, la cuenta de Instagram que creamos va creciendo con la misma potencia.

Mi propuesta ha sido la contraria a la de los museos de Los Ángeles y de Kiev. Con un solo objeto que tengan en casa van a contar toda su historia en un abrir y cerrar de cámara. El espectador tendrá que responder por escrito, en unas cuantas frases, el contenido de la imagen. Así de fuerte debe ser la elección del objeto, la mirada, la distancia, el ángulo, la luz, la sombra, la tonalidad, el diseño, la técnica, el estilo.

Un diálogo hacia adentro y hacia afuera.

Así descubrí lo que tengo que hacer. Finalmente, mi proyecto personal, el que ninguna galería me ha pedido, el que no tengo postergado entre nuevos pendientes. El que ha brotado en pureza.

El único que realmente he perseguido. Y su nombre, por supuesto.

## 2

La manicurista le está pintando las uñas en el cuarto de la televisión.

—¿Quieres pintar, hija?

—No, están muy cortas.

La *bobe* me ha tomado las manos y luego de ver mis uñas, las suelta con toda intención.

—¡Fuchi! ¡Te comes uñas, te voy a dar!

—Es que me molestan para trabajar con las lentes de la cámara, *bobe*.

—¡Fuchi, eso no es uñas!

Paso a saludar a la *tutta* Lena, que está leyendo el periódico. Observa que vengo cargando una revista, y en seguida me la pide.

—¿La quieres? Claro, te la presto, *tutta*.

Se pone feliz, comienza a leerla, con lentísima voracidad. Es la revista *Proceso*.

Mi abuela se concentra en el trabajo de la manicurista. Contemplo ese vasto cuerpo erguido en la silla, los cabellos blancos bien cuidados, el rostro serio, atentísimo.

Cuando se va la manicurista, Anna comienza a moverse por el cuarto con los dedos abiertos, va diciendo:

—Cuando uñas descarapeladas, no puedo verlas. Muchacha viene un vez por semana, cuesta cuarenta pesos. No corta bien pelo, hija. Un vez, cortó y no gustó. No voy a ofender a ella, simplemente no pido otra vez.

Se dirige a la cocina, se afana poniendo la mesa y se le raya una uña.

—Pequeño drrama... —dice mirándosela—. Pero no voy pedir que viene otra vez, no voy a molestar. Regalé a ella pan de queso y galletas de horno que yo hice, si está viendo, no puedo no ofrecer. Bah... Pequeño drrama...

Me maravilla su tono burlón para con el escrupuloso procedimiento que acaba de sobrellevar con la manicurista. La naturalidad con la que asume los asuntos de la mesa y la comida.

Voy hacia atrás, sé que es el camino con ella.

—*Bobe*, ¿había manicuristas en tu pueblo?

—Había, pero no en pueblo. Hacendado rico iba a casar a hija y, un día antes de boda, mandó traer de Odessa una manicurista special para que arregle uñas a hija. Tuvía denero y no importó pagar. Yo voy a verla y dijo que yo también voy a casar, que arregle uñas a mí. Pagué doce rublos, como cuarenta dólares de hoy. Y todo pueblo pidimos señorita que queda en pueblo, va a ganar más que en Odessa. Todos ayudamos a poner consultorio, seis sillas bonitos y chula mesa. Ella se quedó, abrió cabinet sólo para uñas. Tuvía veinte y cinco años, muy simpática. Luego casó con un siñor rico de pueblo y siguió trabajando cuando yo salí de Rusia.

La comida está servida, pero ya se le han despertado mil recuerdos con la simple pregunta. Así es cada miércoles. Viajo con ella a otro tiempo mientras dejo el mío afuera, guardado en una zona invisible.

—Pelo no arreglaba. Sólo uñas. Yo en mi boda tuvía raya en medio y chongos de trrenzas a los lados, así pusía siempre. El set de boda regalé a novia pobre antes de salir de Rusia. Pricioso, color champaña, con velo, guantes, vestido, coronita y zapatos. Todo regalé. Pelo corté en Francia, hizo permanente cada cuatro meses…

Y vuelve a contarme cómo mi papá, que entonces era un jovencito, lloró porque el *zeide* ya no la iba a querer con el pelo corto, y cómo el tío le compró un set de abrigo, bolsa, zapatos y "cachucha" de gamuza. Ella no se quiso quitar la "cachucha" cuando llegó a Veracruz por el temor de que el *zeide* descubriera lo que había hecho con su pelo. Pero como ese día era su cumpleaños, él la recibió con champaña en el hotel, y con visitas que llevaron pasteles. Por fin se quitó el sombrero y el *zeide* le dijo: qué bonito peinado.

Y esto me da pie para preguntarle sobre cómo y desde cuándo tenían planeado el viaje a México.

—¿México? No, no México. Estados Unidos. Hubían cinco hermanos de papá allá. Yo pienso, llego Estados Unidos y mando por *zeide* que ya estuvía en México desde dos años antes. Pero barco hundó.

—¿Cómo? ¿Se hundió?

—Sí hija. Tomamos barco en Santander, Francia, para Estados Unidos. Mi hermano cambió boletos de tercera por primera clase. *Zeide*, pobrecito, no tuvía para más… bueno, no tuvía. Barco tardó un mes, y mientras, cerraron frontera de Estados Unidos a inmigrantes, ya no pudíamos entrar.

—Pero dijiste que se hundió…

—Hundó, hija. Cerca de islas Bermudas. De allá pidimos diez y ocho lanchas grandulonas para rescatar pasajeros, doscientos noventa, y treinta de tripulatzión. Estuvíamos setenta y dos horas en Bermudas. Otro barco llevó a Cuba, y estuvíamos otros setenta y dos horas. Allí esperamos barco mexicano de Veracruz para llevarnos hasta puerto. *Zeide* supía todo y ya esperaba en puerto, volvió loco cuando vio a nosotros. Él quiso ir a Cuba, pero ya viníamos en camino a Veracruz.

—¡Cuéntame lo del naufragio, *bobe*!

—Muy interesante, hija. Lástima no escribí, bueno, no tuvía cabeza. Capitán enamoró de tu papá, lleva pegado todo día, yo tuvía miedo no va a robar hijo. No, muy bueno capitán. Dijo "no pánico y salvamos todos, pero no molestan tripulatzión y todos salvan". No prreguntó, echó equipaje a calderas de carbón, para que barco sostuvía, pero no se sostuvo. Luego echó ancla para que no hunde rápido. Ellos saben, hija. Sólo hubía cuatro lanchitas chicas que no sirven, pero pidimos a Bermudas, tardan como cuarenta minutos en llegar. A total, todo pasa en dos horas… ¡Yo quedo sin equipaje! —exclama y se echa a reír, y luego agrega— ¡qué equipaje, si de Rusia no dejaron sacar nada! Ah, pero llevo envuelto en chal, para que nadie no ve, mi samovar, ése sí, hija, aunque verde por feo de mar que entró, si llegó. Y maletín con vestidos que compró hermano en París, un blanco con abrigo negro, ¡ah qué vestido!, para gala de baile, qué bailes en barco, porque estuvíamos en primer clase, junto a unos italianos que hasta muchacha llevaron, ya te crees ¡para llevar muchacha! Pero yo no dejaba de estar menos que italianos, pusía mis vestidos. Tuvíamos bonito cabinet con salita recepción. Ah, pero mi samovar llegó, yo dijo, hundo con samovar, pero llevo conmigo.

No puedo contener el asombro de saber que ignoraba este suceso.

—¡Cuenta! ¡qué pasó, cómo empezó a hundirse!

Entonces, se abre el telón y en la magia del antecomedor la abuela corre a la esquina del pasillo y ella sola interpreta todos los papeles, es el capitán, los pasajeros, y el mar embravecido al mismo tiempo.

—Dijieron, primero niños…

Estoy a punto de quebrarme en llanto cuando uno de los marineros ya le arranca de los brazos al hijo pequeño, lo envuelve en una sábana, le pone un cojincito y baja con él las escaleras de mecate que echaron al borde del barco hacia el mar…

—…pero son tan specialistas marineros, hija, que anduvían así en scaleras y no cayó. Luego mujeres, luego hombres y, al final, último, capitán. Así son leyes de barco, hija. Mujeres quieren llevar su neceser, por eso dan lancha special. Enfermos contagiosos no quieren sacar, no importa, que hundan con barco. Pero Misha, tu tío, tuvía sarampión y estuvía en hospitalito de *parajod*…

—¿De qué?

—*Parajod*… ah, es en ruso, de barco, hija. Y pusían inyección y manchas se metieron en cuerpo. Cara limpió y dejan salir. Un hombre murió de susto y echaron en mar. Así es ley de barco. Con Boronsky también murió hombre y echaron a mar. Así es ley. Yo acordé mucho de este viaje cuando estuvía con Boronsky para ir a Israel, también barco, pero sólo catorce días, y mucho más lejos…

—Porque antes iban más despacio, doña Anna —dice Modesta, que ha dejado de aspirar la alfombra, y viene entrando en la cocina, de pésimo humor.

Voy colgada del barandal en el barco y una ráfaga de tarde antigua me cruza por los ojos.

—Ver cielo, hija, y ya. Yo único que quiso es ver tierra, ¡ay, Dios mío!, quiso llegar a tierra.

—¿Conociste algo de las Bermudas y de Cuba?

—¿Crees que fui a paseo? Estuvimos bastante tormentados, no creas.

—¿Y los demás pasajeros, se fueron luego a Estados Unidos, como estaba planeado?

—Bastante preocupé mi situación para saber de otros. Barco pagó hoteles muy bonitos, no cuesta a mí centavo, pero cambió *mashrut* a Veracruz.

—¿Cambió qué?

—*Mashrut*... ¡ruta! Luego ya Estados Unidos no pensamos. Instalamos en México. *Zeide* tuvía apartamento en calles de El Salvador, bonito, no muebles gran categoría, pero poco a poco arregló casa.

## 3

Mis casas siempre han tenido ventanas con trozos de cielo. Si no fuera porque puedo mirar las lentas nubes de abril conglomerándose hacia las primeras lluvias de mayo, desde este encierro pandémico donde viajo a otros tiempos, ya estaría dándole vueltas a mi cabeza como una tuerca ciega.

Anna quería ver tierra y se aferraba a su samovar. Yo quiero una casa voladora y me sumerjo en los montajes fotográficos de Laurent Chehere, en la pantalla de mi computadora. Espero que me lleven allende el tiempo y que el samovar se encienda de nuevo a mi lado.

Pienso en otra Ana, la pequeña Ana Frank que vivió un encierro de más de dos años en un tapanco en pocos metros cuadrados, con una ventanita al cielo. No se salvó de Hitler. Pero escribió un diario inmortal.

Siempre hay un virus en el mundo, amenazando, no importa cómo se llame. A veces, tiene un aguijón criminal y te lo clava por donde más te gusta.

No hay modo de esconderse de la Gestapo porque no hay uniforme ni suásticas en cada brazo, ni botas tronadoras.

Es invisible como el coronavirus y se contagia con la respiración, no hay cura.

Un día ya tienes la sintomatología completa y te internan en un extraño hospital que no mengua la enfermedad, sino que la empeora.

Frente a mis ojos, los frutos podridos cubiertos de piedras semipreciosas, desde las manos de la artista Kathleen Ryan, me revelan, justo donde duele, una escritura que persigo en esta lenta, larga historia.

En la Josh Lilley Gallery de Londres, la joven irlandesa expone apenas en 2020, año del covid-19, sus obras más audaces, que no son sino una excursión al claroscuro de la vida, la muerte y las formas de una eternidad que se resignifica a través del arte.

Hay un durazno malo, cuya dulzura quema con la dureza de una costra de perlas muertas que seducen en su brillo. El ojo verde de un monstruo que mira por la piel de un limón enmohecido cubierto de pedrería.

Así un hombre malo me ha atrapado con su ojo de monstruo bajo una dulzura brillante.

*

—No me digas cuánto me quieres, Tatiana.

—No pensaba decírtelo, criminal.

—Sólo ven, recuéstate. Miremos este bosque, ¿quieres?

Nunca me preguntó. Pero ya estamos ahí, el primer sábado despertando juntos en el Desierto de los Leones. Él ha sacado una maleta con ropa como para una semana. Yo traigo lo que llevaba puesto. Pero él se ha acordado de comprarme primeros auxilios y hay prendas indispensables para quedarnos recostados en el sofá cama abierto, las sábanas dispersas y las ardillas que nos observan detrás de la gran ventana, dándonos la bienvenida.

**4**

—¿Les costó trabajo salir de Rusia, *bobe*?

La pregunta me viene sola, se me sale de la boca como en busca de un tratamiento médico, alguna pastilla, jarabe o infusión.

La *bobe* adquiere esa actitud digna cuando mis preguntas no aluden a una anécdota sino a una situación general, o a una reflexión, y más, a una decisión.

—A mí dejaron salir, por marido que estuvía en México. Pero sufrí bastante, hija… No fue fácil, llevaba cubiertos de plata escondidos en abrigo para pagar por todo camino, hasta Francia.

—¿Y mi papá no preguntaba? ¿Qué pensaba? ¿A dónde creía que se iban?

—Él sabía todo, ¡si ya tenía catorce años! —dice Modesta.

—Bastante supía de ir a cuatro de la mañana por *funt* y medio de pan en cola, él detrás mío para que así dan también a él pidacito. Después, padres van por más. No alcanza para comer, y con frrío de cuarenta y cinco grados bajo cero.

—Ahora ya no aguantaría ese frío, señora —suspira Modesta. Sacude la bolsa de la aspiradora y copitos de nieve se intercalan en la conversación.

—¡No! Un vez, en Italia, no salí de hotel por frrío.

—A lo mejor digo una tontería, *bobe*, pero ¿no había todavía aviones?

—Primero que llegó a pueblo, todo pueblo sale a ver, gritan: "¡grran pájaro con gente!" Yo mi ricuerdo. Sí, Lindberg es primero que cruza Atlántico, y en México… ¿quién, Modesta?

—Francisco Sarabia. Yo trabajé con él, pero lo de Lindberg fue sabotaje. Yo nunca he viajado en avión, pero Carmen, mi sobrina, muchísimas veces.

—Modesta necisita veinte calzones, no uno, hija, para viajar en avión.

—Eso antes, señora Annita, porque antes no se viajaba mucho, pero ahora sí.

—Yo primer vez, con Boronsky…

—¡No, doña Anna! La primera vez fue antes. Usted se fue a Hermosillo a buscar a su hijo Misha. Toda una semana. Luego ya con el señor Boronsky me dejaba sola en la casa hasta por tres meses.

La *bobe* recuerda, se entusiasma. Se dispone a contar toda una historia.

—Primer vez voy en avión chiquero de catorce personas…

—¡Chiclero, doña Anna!

—Sí, chiquero, a Hermosillo. Yo busco a Misha, dos meses sin ver, dijeron a mí, está en Hermosillo. Encontré, hija, y él dijió "¿A poco por mí lloras?" Consuelo oyó. Yo no olvida. Bueno, así es y ya. En avión se sienta junto a mí siñora que yo no conocí. Yo no supía que es *bobe* de amigo de tu papá, amigo se llama Fernando. Yo no supía es *bobe* de él. Y siñora pregunta a mí: "¿sabe usted nadar?", yo dijo "por qué prigunta?"; ella dice "vamos a cruzar Mazatlán", yo dijo "¿y qué?"; "bueno, sabe o no sabe", yo dijo "nada le hace, decisión de Dios, si caye, caye, y no por nadar vamos a salvarnos si Dios no quiere". Yo me fastidié, hija y siñora sustó. Pidí a *steward* que cambia de lugar y *steward* sienta a joven de catorce años que lee un libro. Entonces entra copiloto y dijió "abrochan cinturones bien porque vamos pasar montaña moerta"…

—¡Pico de Muerte, doña Anna!

—Pico moerto, sí, "y vamos a subir mucho para no tocar ese pico moerto". Yo susté mucho y pidí Dios no caiga. No cayó, pasamos pico, pero bajada fue horrible, horrible. Entonces salimos de avión y oigo gritan "¡Siñora Annita, siñora Annita!". Yo susté piyor, yo no hizo nada, ¡no soy *gánev*! ¡No robo a nadie, no hizo nada malo!

Es Fernando, amigo de tu papá, que llega a recoger a su *bobe*, y reconoce a mí. Uy, y presenta a *bobe*. Bueno, llevó a Hotel Alberto, bonito, y manda coche para comer en casa de padres. Yo no comí, pero si té y galletas, y platico lo de nadar de avión. Familia no aguantó la risa. Sí hija, sufrí bastante.

Y con este estribillito, que la trae siempre de vuelta al presente, se levanta a lavar los vasos del *borscht*.

—¡Qué está haciendo, señora! —grita Modesta.

—Lavo vasos para que secan, no soy *gánev*.

—¡Usté déjeme todo!

—¡Comes en retazos, ya coma entero!

—Uy, sí, pues no me quiere por buena.

—Boena boena, muy boena que erres…

La *bobe* vuelve a sentarse. Ve a la *tutta* Lena dormitando frente a su plato, se suelta:

—Ay, hija, todo día dice "*a bísele*", "*a bísele* de todo", pidacitos, prefiero palo en cabeza y que no dice "*bísele*", quita salud, foerza, hace nervios. Yo doy tres galletas con paté y Lena sólo dice "*bísele*" y agarra pidacito. Van a pensar que no doy de comer.

La *tutta* Lena despierta rascándose el ojo, dice que algo le entró y se agacha y con la boca sopla el suelo, como si el aire fuera a dar al ojo abierto. Después de repetir el mismo procedimiento, sin ningún fruto, se levanta lentísima hacia el antecomedor. Anna se mesa los cabellos:

—¿No poede ir bonito en cama? No, envoelve en trapos hasta piscuezo, y así horas. Si alguien viene y ve así… a mí quita salud, hija. Es mi hermana y no debo hablar así, pero tengo que desahogarme con alguien. Codez es horrible, ella dice que coesta más *kósher*, que mejor no lo haga. ¿Cómo, a noventa y dos años va a dejar de hacer *kósher*? ¡Es *goy*, y tú también! Por eso di pollo con queso, yo no comí. Cuatro horas con pollo se esperan y seis para carne…

—Pero tú me has dicho que no crees en esas cosas, *bobe*…

—Creer es una cosa; hacer casa *kósher*, es otra. Mis padres, nunca *treif*. Sólo la ñeta de Maña casó con hijo de los Morales que son *goy*, ¿no podía en restorán *kósher*, la gran dama?

La *tutta* Lena se queda mirando el gran plato de fresas que come parsimoniosamente Modesta en la misma mesa, y susurra:

—Ya llegó la *mishpoje*... es la única casa que hace así, hija —me dice en voz baja.

—¿Qué miras? ¿Tú pagas? Son gente pobre, yo no puedo no dar de comer. Nosotros tenemos culpa de que nos odien los *goy* porque provocamos la envidia.

Todo este párrafo transcurre en un idish veloz y brutal que entiendo perfectamente.

La *bobe* sirve tres fresas más a Modesta, y continúa en su español:

—Un dieciséis de septiembre me llevaron a Zócalo a ver fiesta y arreglos. Llevaba una bolsa estilo francés de tirantes. Un ladrón cortó bolsa y dejó tirantes. No me di coenta que apretaban mucho todas gentes. Mi dije "para qué fui, Dios mío". Pero buen ladrón, porque dos días después envió paquete. Pensé que era paquete de mi hermano de París, pero no. Venía bolsa, pasaporte, visa, menos los once dólares... pero también vino anillo y pluma que papá sacó de su pantalón para dejarme de ricuerdo cuando despedimos.

Anna cierra el frasco de fresas y dice: fue suficiente de fresas. Modesta recoge su plato.

Y sigue otra historia sobre un dieciséis de septiembre:

—Otra vez, Baitman, ese *boziac*, me llevó...

—¿Qué significa *"boziac"*, *bobe*?

—Mujeriego, cínico, como quieras llamarle... me llevó a un calle, no ricuerdo, creo Niño Perdido...

—Garibaldi —dice Modesta desde el fregadero.

—Hace como cincuenta años, donde están siñoritas *curvas*...

—Prostitutas —traduce Modesta—, las que se roban al novio y al marido.

—Exacto, hija. Una de esas que jala a *zeide* y *zeide* gritó asustado: "¡Annyuta, Annyuta!" y yo no supía qué pasaba. No dije nada. Y todos rieron después mucho.

—Le hubiera contestado en ruso, doña Anna —revira Modesta dándole a la olla.

—No voy a poner con ellas al tú por tú. Ah, porque también en París mi hermano llevó a calle así, que por fuerza tuvíamos que pasar por ahí, para cambiar boletos de barco. Una de esas siñoritas *curvas*…

—Prostitutas, doña Anna.

—Ésas, una agarró a mi hermano, él dijo "no", y nos fuimos de allí. En todas partes hay, Tátiele, no te creas…

Suspira Anna. Como si pasara por sus ojos un relámpago, se levanta de golpe y se pone a limpiar infinitesimales moronas sobre el mantel, porque ya Modesta ha recogido todo y ha terminado de lavar. Pero Anna vuelve a repasar con una servilleta doblada toda la superficie.

—Ya hablé mucho.

—Deje eso, doña Anna, ¿no ve que ya está limpio? Nomás embarra otra vez con su servilleta.

Anna no escucha. Está repasando la mesa de sus pensamientos.

—Sufrí bastante —remata.

Es hora de volver al presente. La *tutta* Lena platica con la cortina en su sueño de sol en el sillón.

Temo el silencio. Es el lindero de un no tiempo. El barco se ha diluido. El avión es un juguete sobre el esquinero. La calle de las mujeres que roban a los maridos es una lengua sacada frente a mi propio rostro. Hay que salir del sofoco.

# 5

Nunca se habló de tiempo. He repasado minuciosamente esa tarde de viernes, el sábado completo que pasamos deslizándonos entre la cama extendida y la alfombra lanuda. El domingo que salimos a comer en La navaja de Occam, un lugarcito nuevo de maderas muy oscuras en la zona mundana del Ajusco. Lunes y martes cada quien sale a asuntos de trabajo, como si nada. Miércoles, no hay más que añadir.

Es difícil saber quién ha evadido el tema, o si es un tema a evadir, siquiera. Tal vez es innecesario porque está sobreentendido. Tal vez sea el nitrógeno líquido que ninguno de los dos está dispuesto a tocar. El silencio es para llenarlo con lo que no podemos decir.

Debería sentirme feliz, pero ahora soy un fantasma de mí misma en un lugar que no es el mío, atada a un criminal que me somete a pan y agua de sí, mientras me hunde hasta al fondo del naufragio.

No me atrevo a mirar a los ojos a mi abuela. Estoy segura de que ahí descubriría ella el chalet, la ventana, el turbio corazón que escondo con mi evasiva exclamación:

—¿Sabes que siempre sí me contrataron para hacer el reportaje en Veracruz?

El de la comida, para promover el turismo.

La *bobe* despierta de su propia memoria y me mira con profundidad, y asiente.

—Quiero que veas a León —dice con una seguridad que me sobrecoge, pues pasa por encima de mi tema sin ningún decoro.

Volver al tema. En algún momento, llega el asunto. El *ritornelo* de mi asignatura reprobada, que me veo obligada a acreditar.

—Ya sabes que no me puedo casar con León, *bobe*.

—No importa que sean primos segundos, hija.

—Pero soy divorciada, los *cohen* no aceptan eso.

—Hay rabino reformista que sí permite hacer *jupá*.

—*Bobe*, él es divorciado, y es *cohen*. Imposible.

El argumento que esgrimo ahora es una sopa de su propio chocolate. Y me deleito con hacerle probar una gran cucharada.

Para ella no es impedimento.

—Su niñita es chulísima. Yo no tengo nada contra su exmujer, no quiero le pasa nada… Pero si es moerta, pudías casarte con León.

Como que no entendí, ¿o sí lo dijo? ¿Fue una broma? ¡No lo fue!

Nos fundimos en un instante criminal y nos estalla la carcajada hasta el abrazo.

Hasta Modesta llegan los ecos, que se mantiene como esfinge precolombina, en una dignidad de bronce.

—Ni así, doña Anna. ¿No ve que su ñeta no es de casarse? Es como yo, le gustan más los libros que los maridos. Por eso ni duró nada en su matrimonio con ese *goy*.

De pronto, Modesta me parece un genio de la percepción y una madre ideal al mismo tiempo.

—¡Bestia! —exclama la *bobe*— Tú qué hablas, no has conocido siñor…

—Por eso, yo sé lo que le digo…

La cocina se llena de risas, los pasillos, la sala-comedor, nuestras risas pequeñas alas chispeantes en la morosa tarde de verano.

—Bestias los *cohen*, doña Anna, usté siempre lo anda diciendo.

—Tienes razón, hija, son horribles. Son como príncipes. Yo soy *levi*, un *levi* tiene que llevar agua a un *cohen* para que se lave las manos en el *shul*. Mira, Tatia, tú puedes hacer tijera de dedos abiertos a cada lado, porque sólo los *cohen* pueden. *Zeide* era *cohen*, por eso tu papá es *cohen* y tú también.

Hago la tijera uniendo a la perfección dedo meñique con anular, y dedo cordial con índice.

—¿Por qué sólo los *cohen* podemos? ¿Qué significa?

—No sé significado. No estudié en colegio idish, hija. Aprendí a leer y a escribir idish ya de grande, aquí en México, cuando pusimos profesor de Los Ángeles a tu papá.

Por lo pronto, en este *round* logré entrar en la desviación de la autopista al matrimonio.

## 6

Tengo en la cabeza las escenas del fin de semana con el criminal. Me muero por contarle a la abuela que estoy viviendo con un hombre. Ya no necesito esconderme. Él me ha dicho que ya está ahí, conmigo, en ese chalet en miniatura que alquiló para los dos. Ya no los hoteles, las sombras, las esquinas. Conservaré mi cuarto para almacenar archivos de fotografías y otras cosas personales, en el departamento que rento con la amiga de Guadalajara.

Quiero desatarme la lengua durante la magia de los miércoles. Mirarme en los ojos de la abuela; en la sonrisa amarga, tan inocente a su pesar, de Modesta; en ese confeti multicolor, esa oblea de cajeta y semillas de amaranto que es la presencia de la *tutta* Lena a punto de cumplir un siglo.

¿Por qué todas ellas son tan libres para decir lo que son, lo que creen, lo que piensan, lo que temen? ¿Por qué parecen tan espontáneas en medio de tragedias, carencias y dolores? ¿Por qué se acompañan, se aceptan, se critican, se enojan, se rebelan, se regañan, se alimentan, unas a las otras, con una lealtad de hierro, en un espacio compartido de unos cuantos metros cuadrados?

*

La *tutta* Lena se levanta y muy lentamente llega a la alacena. Anna junta sobras de su plato y las envuelve en una servilleta, "para después, con el té".

—Yo también —murmura Lena poniendo en un platito un gajo de naranja.

— ¡Suelta eso! ¡Sólo me dejas esquinas, Lena!

—Es para resequedad de garganta, en noche… Todavía se poede chupar un poco en la mañana…

—¿Y si paró mosca? ¡No soporto! —ya va Anna a quitarle el plato y a tirar el pobre gajo de naranja a la basura.

La *tutta* Lena parpadea lentamente y con renovada lentitud se reincorpora a su sofá de la sala.

Entonces, Anna se lanza, con inusitada alegría, a hablar de su vida en México. En un tris ya está usando el idish que entiendo, porque lo escuché en casa desde que nací, además de haberlo estudiado en la escuela desde el kínder.

Su vida de *balebuste* ha sido buena, una matrona de su casa, una señora como las de antes, cuando la palabra señora era un orgullo, una empresa y un destino. Recuerda que le envié una carta perfectamente redactada en idish, desde Boston, donde pasé un verano durante mi adolescencia. Su nuevo marido no quiso creerlo. Le asegura que mi escrito era precioso, lógico y con una caligrafía muy bonita.

Desde este momento el departamento de la Condesa se agranda, se agranda, se agranda, apenas cabe esa mujer llegada de las nieves ucranianas, convertida en presidenta de las Damas Pioneras de la comunidad judía en México. Escalinatas, pasillos, reflectores. A su paso, las alfombras son mullidas, en tonos azul perla y los vestidos de satén susurran rozándose de saludo en saludo.

La nieta la acompaña al gran homenaje que le rinden el Día de las Madres, cuando la nombran Madre del Año. Anna sonríe, departe, llora lo necesario, ofrece un discurso, se deja abrazar, es el alma, el pájaro batiente de una historia invencible. La juventud de sus ochenta y cinco años es fulminante.

Entre resplandores, descubro que hay una felicidad en esto que nunca hubiera imaginado. La abuela es mi futuro, no mi pasado. ¿Podré alcanzarla algún día?

—Fui presidenta durante quince años, hija. Yo quería renunciar, ser como soldado raso. Pero no me dejaron. Ya parecía dictador Franco de España.

Sobre las risas, pienso ¡que hubiera sido presidenta del país! Como si me leyera la mente, me contesta:

—Ser buena madre, que hijos sean buenos. Es todo lo que se necesita.

Ya la esperan en el salón de banquetes. Se me escapa, adelantándose. Ser buena madre. La multitud de mujeres engalanadas persigue a la abuela para agasajarla.

La escena transcurre en los ojos de la abuela, mientras construye bolitas con los trozos de la servilleta usada.

Seguimos en la mesa del comedor.

No quiero que vuelva el mar. El mar verde oscuro de los sueños donde se hunden las bufandas de lana, la vajilla de aros de oro, los retratos… No quiero que llegue el olor del samovar con sus amargas hierbas del té más negro del mundo.

No quiero que me lleve a mi propio naufragio. Mis veintisiete años a la deriva en una bahía tan abierta que hasta duelen los ojos de ciega luminosidad.

—Tú no te quitas la edad, *bobe*. Eso me gusta mucho de ti —lanzo esta frase como un ancla para que no se apague la conversación.

—¿Quitar edad? Trabajo coesta vida, hija. Hay que lucir edad.

—Y tú que ya has vivido tanto, ¿cuál es la mejor edad para una mujer?

—Ah… —su mirada viaja al techo, como una paloma dulce, abriendo una ventana desde donde sonríe al paisaje.

La mesa de la cocina es una pista de baile, porque Anna se da la vuelta a sus treinta y cinco años, y cuando gira de nuevo, ha llegado a los cincuenta.

—Entre treinta y cinco y cincuenta años, es lo mejor. Se siente que todo se poede, todo. Mujer es foerte. En una boda, baila. Dice todo tiempo: "Voy a bailar", "Voy a…

voy a… ¡a todo!". Y después, en la mañana, dice "Voy". Y después: "Voy… voy… voy".

Anna revolotea bajo la lámpara entre sedas color champaña. Modesta exclama desde el cuarto de planchado:

—¡Ya está empezando la telenovela, doña Anna!

—Un día, dice: "No voy… no voy… no voy…" y ya. Todo decae. Acabó esa edad.

Plop. Cae de la lámpara un aguacero de avispas que se evaporan en los oídos.

—Entonces tu época más feliz ya la viviste en México… —insisto, volviendo a la felicidad.

—Bueno, en Rusia antes de bolcheviques fui muy feliz. Aquí también sufrí bastante, no creas que no. Cuando perdí hija de temblor…

—Qué tremendo…

—Yo veo que corren todos, ponen rodillas en zaguán. Yo también junté manos y dentro de mí pedí a Dios que me deje viva. Pero rodé por scaleras… y se fue bebé.

El mar oscuro emerge del piso de abajo… Yo no había cobrado conciencia de este trance. ¿Alguna vez tendré un hijo? ¿Me lo había preguntado? No me pregunto estas cosas. No me pregunto casi nada.

Ando preguntando y preguntando a la abuela, quiero respuestas concisas, inmediatas. De pronto, ya tengo el mar hasta la cintura, percibo que el agua es transparente, pero hay un grito de pájaro que la vuelve oscura. Aleteos de pájaro negro.

La abuela ha seguido hablando…

—… no tengo *najes*… Sí nietos con buena cabeza, no digo que no. Pero tú no entiendes qué es *najes*, y me perdonas que te lo diga, lo que es vida de idish y eso que estuviste en colegio idish… *Najes* es nietos casados, bisnietos asentados con buena vida. Lena ya va a casar a un bisnieto y yo no tengo ni un primer nieto.

El mar intenta mecerme los pechos que conservo casi adolescentes. El mar oscuro y suave.

—… no digo que no mi gusta ver tus reportajes en revistas o ir conciertos de tu hermano Uriel, pero no es lo mismo que *najes*. ¿Y qué hace Gerta, viviendo sola con veinte y dos años, teniendo padres tan buenos? Tu padre sufre. Y tu madre, que es como hija para mí, también sufre. Yo sé que tú ganas más o menos, pero sola, ¿qué vida es esa? ¿No te piensas volver a casar? León gana setenta mil pesos, con dos poestos. Es perfecto para ti, hija.

Alrededor de mi cuello bulle del oscuro mar un canto antiguo.

—… por eso cuando supe que a tu papá dio infarto, pedí a Dios que a mí me quita vida, porque ya viví, pero tu papá no todavía, porque sus hijos no se han casado bien. Dios me quitó la andada, pero gracias a Dios tengo cabeza todavía, no me poeden engañar tan fácil, me dijeron que tu papá se puso mal por cargar ladrillos, ¿qué? ¿Soy idiota? Yo vi a cardiólogo salir de casa…

Me he convertido en sirena. Mi cola verde esmeralda resplandece en medio de la cocina. La abuela no me deja ir. Me sirve otro té. Me pide que la conversación ruede en idish, no importa que yo lo haga lento, pues lento es muy bonito. Me explica que no me habla como abuela, sino como amiga.

La sirena de cola verde esmeralda recuesta la cabeza en el hombro de su abuela.

—No sabes cuánto me hace bien que vengas a comer, Tátiele, podemos pasarnos horas platicando y nunca acabaríamos. Si yo hubiera escrito un libro de mi vida…

Cubierta por el mar que ahora es del color de mi cola, respiro en la transparencia del agua.

La abuela me desprende del abrazo y me manda hacia el océano.

—Ven semana que entra, esté o no Modesta, no importa, no quiero suspender.

# Undécimo tiempo

## 1

Loca de amor por un hombre casado. Las sombras entran en el comedor, hasta la sala. Un mar cubre de algas los sillones y sucumbe al naufragio entre escombros del barco. Allá fue a dar el samovar de la abuela. ¿Quién lo alcanzará?

Cuando salto a rescatarlo, caigo en brazos de mi criminal, como Anna, alguna vez, en un tiempo que regresa ahora.

El samovar a la deriva… Hay algo ahí insustituible. Lo sé. Lo saben Anna, Modesta. Lo sabemos las mujeres de esta historia.

Y de la Historia toda.

Así he pasado la semana, hundiéndome en ese estado-mar, y cuando se abre la puerta del departamento, ya voy, entre las lágrimas de aquella Anna, remando en mi diminuto naufragio de amor.

Como si no hubiera transcurrido una semana, emerjo, hasta que aparece la *tutta* Lena murmurando:

—Quero mi suetercito negro…

En la cocina, la abuela amasa la harina para las galletas más duras del mundo que, sopeadas en el té, hacen que la Rusia Imperial renazca con sus palacios de torre bombacha y multicolor en pleno invierno mexicano. Ruth, la nieta menor de la *tutta* Lena vino a hacerle la visita y, ante la insistencia del suéter, le contesta:

—¡Ya tienes uno, úsalo!

—Uh… muy pesado, hija, no tengo foerzas para cargarlo en spalda… La voz de Ruth es un cuchillo:

—¡Qué quieres que haga, *tutta*! Simón está trabajando, Bere estudiando, cuando tenga tiempo te lo traigo.

—No pregunté por ellos, hija, tú qué haces que no poedes traerme suetercito negro que quedó en tu casa…

—¡Oh, pues la semana que entra!

Anna extiende la masa con un rodillo especial, con el tenedor le hace piquitos, le espolvorea harina y azúcar.

—… ¿y por qué no me llevas a cardiólogo, hija?

—Pues no sé por qué tus hijos no te llevan, yo encantada de llevarte, pero para eso tienes hijos.

Anna corta rueditas de masa con un vaso al revés.

—… no sé por qué son tantas medecinas que me dan…

Anna se seca las manos con el delantal y se le planta a su hermana:

—¿Cuáles tantas, Lena? ¡Son dos nada más! Mías son nueve, si yo estuvía tan enferma como tú, ya bailaba de gusto en calle…

La gritería entre Ruth y Anna se arma alrededor de la *tutta* Lena, que permanece escuchando todo y callada. Anna le dice a Ruth que los análisis de Lena son divinos, sólo le falta el electrocardiograma, y que le da mucha pena, sólo Dios sabe cómo le cuesta salud estar cuidando a su hermana. A lo que Ruth responde que no debe darle pena, que sabe muy bien cómo son las cosas, pues su madre la tuvo doce años viviendo con ella. Pero ya pondrá en su lugar al resto de la familia que no la ha llevado al cardiólogo, si para eso están. Y entre las dos la regañan y la jalan para que se siente a comer.

—*Job tzait*… —dice la *tutta*, hay tiempo para eso.

Entonces, Anna se convierte en pantera enharinada haciendo visajes remedadores:

—*Bísele, bísele*, sólo como *bísele*… por eso es anémica, sólo *bísele*, puro pidacito… Van a decir que yo no doy de comer, *bísele, bísele, bísele*…

Es el momento en que Modesta hace su aparición en escena (¿estaba aspirando el pasillo?) y pone las cosas en su lugar:

—¡Ya no haga eso, doña Anna! Me da coraje, parece de esas muñecas o niñas malcriadas que hacen cosas malas.

Todo mundo a la mesa. Ruth se despide huyendo. Yo, que permanecía en una prudente distancia en el umbral, entre la antesala y el antecomedor, finalmente me siento.

La *tutta* Lena me sonríe con una mirada de dulce de orozuz:

—No me he sentido bien, todo tiempo no me he sentido bien, de repente entra calor en coello. Puse dos suéteres, chico suéter, pesa en spalda. Boeno, ni modo… Se levanta a medio caldo para echarse más *kasha*, porque ya se le acabó y le queda caldo todavía. Le sirven el pollo con calabacitas picantes. Pero a ella no le pican porque no tienen forma de chile, así me lo explica. Y acto seguido, me quita el cuchillo de la mano porque advierte que a ella no le pusieron uno en el plato. Luego se levanta por una cucharita para el postre y toma, por error, una de servicio.

—Boeno, me quedo con ésta…

—¡Uy, qué favor me vas a hacer! —exclama Anna.

Anna no ha dejado de remedar, corear y criticar cada movimiento de su hermana. Modesta se ve realmente mortificada y va soltando un ya déjela, no le haga caso, ya no se fije, déjela en paz.

¿Por qué guardó un gajo de mandarina en el refrigerador? ¿Por qué parte las servilletas en dos para gastar menos? Su "codez" la mata, van a creer que no la alimenta cuando hay un canasto lleno de frutas… Usa otro plato para poner los huesos del pollo y no su propio plato. Bueno ya déjela, señora Anúshka.

La *tutta* se pone y se quita dos pares de anteojos, corta la hojita del calendario y va a su cuarto por otro par de anteojos para leer los pensamientos del reverso. Pero Anna le arrebata la hojita, la lee en voz alta, la arruga y la tira haciendo una despectiva exclamación.

Parezco una espectadora en el drama que tejen estas tres ancianas. Me remuevo en la silla, me sirvo pan. La *tutta* vuelve a mirarme con esa dulzura de caramelo azul:

—¿Cómo está María, hija? No es muy vieja, pero enfermedad es enfermedad.

Boeno, ni modo, pobre vieja, cuando es así, así es.

No me da oportunidad de contestar. Pasa a otro de sus dramas. Sólo me quedo con la punzada que me recuerda que no he ido a ver a María, *mi* María, que, en casa de mis padres, es ya un emblema nacional.

Es culpa del criminal, que me mantiene con la cabeza revuelta, pero no es del todo cierto, es mi propia cabeza la que se miente con esto, no quiero ir a ver a María así, en su cama llena de luz porque entra como cascada el sol por las dos ventanas, y no hay sombra alguna para poder ocultarse; el pelo suelto de María, negro y largo, abierto como alas a sus costados. Esos ojos diminutos que me buscan como canicas en el patio, saltarinas, y los puños cerrados como bebé, aferrándose a algo, a sí misma.

María no es María en camisón, en cama, en esa luz afuera que grita de alegría y de invitaciones a la vida, mientras adentro hay un buró con frascos de medicamentos y un suspiradero sin fin, envuelto en los arcángeles gorditos que llenan las paredes.

Cuando acabo de hilar esta imagen, la *tutta* Lena se ha quedado dormida envuelta en su chal, de espaldas al balcón, donde el sol de la tarde va cobijando su espalda.

## 2

Mejor refugiarse en los brazos del criminal, que cruzar a zancadas la reja de casa de los padres, caminar por el estrecho patio, tentando la enredadera de yedras, a todo lo largo, al tiempo en que la Nube se me enrede entre los pasos suplicando la rascada de panza con las patas al revés. La Nube más gris del mundo, hija predilecta de la Tosca, la cachorrita que llegó a la casa el mismo día en que nací. La Nube es producto de las peleas y las rondas amorosas que las camadas ofrecen los domingos en la tarde en el parque España.

La Tosca había pasado a mejor vida hacía ya años, nunca supe si fue una muerte natural o si el deceso ocurrió debajo de las ruedas de un camión, durante un fin de semana en el que salí de excursión a las grutas de Cacahuamilpa y al lago de Tequesquitengo con mis compañeros de secundaria. Corrieron todo tipo de rumores que me tuvieron en insomnios prolongados durante semanas en las que bajaba a espiar por la cortina de la sala por si reaparecía la Tosca, mi gemela de vida. Pero sólo la Nube logró apaciguarme el corazón.

La bienvenida de la Nube, el pasillo de yedra, subir por la escalera de hierro hacia el cuarto más luminoso de toda la casa, el cuarto donde yace María desde hace semanas ¿cuántas?, mejor pensar en semanas y no acumular meses...

Es tan extraño, al mismo tiempo, tan lógico. ¿Hay lógica en las coincidencias?, que la abuela tuviera a su propia María, allá, tan allá que es difícil de imaginar, más que mirando el globo terráqueo que me acompañó durante mis estudios preparatorianos en la pequeña biblioteca de la casa.

María la eslava, salvadora de la familia en Ucrania; María la india, salvadora de la familia en México. Una, resguardando las joyas entre sus faldas; otra, resguardando a la prole entre sus brazos.

Es mejor no abrir esa puerta ahora.

Pero cuando las puertas necesitan abrirse, se abren solas.

## 3

Las galletas están a punto de entrar al horno.

—Para que mandas a pueblo, por día de Concepción —dice la abuela, poniéndole un buen envoltorio en las manos a Modesta.

El domingo es la fiesta de la Patrona de Tezontlalpan, la Purísima Concepción. Me entero de que cada año la *bobe* envía un canasto de conservas y galletas a la familia de María, con las sobrinas de Modesta. María tiene dos hermanos vivos todavía, trabajando en el campo, y un sinfín de sobrinos y sobrinos nietos.

—¿Cómo son las fiestas en tu pueblo, Modesta? —se me ocurre preguntar desde el otro lado. Advierto que todas las comidas han estado centradas en la vida de la abuela, y que Modesta, quien empezó haciendo las veces de coro ante mi sesgada mirada, se va convirtiendo en uno de los personajes centrales.

—Como en todos poeblos —responde la abuela con total autoridad—, hacen baile, religuión y todo. Hay moderno, como Rigo Tovar, y cumbia y rock, y hacen rifas de boletos para obras de pueblo y para iglesia.

—Y ya tenemos tres aulas de secundaria, auditorio, luz, agua potable y biblioteca… —añade Modesta con tremendo orgullo.

Me sorprende que ambas responden al alimón ante las preguntas que le hago a cada una. Ambas saben todo de la otra.

Así, voy conociendo, entre arrebatos de palabra, que en el pueblo hay cuatro mil habitantes, más aparte la juventud, que es mucha, aclara Modesta. Tienen cuatro espacios para dar clases de guitarra, de repostería, de cocina, de costura. Las calles son de tierra, pero está hecho el camino y pasan coches. La carretera todavía está fea, pero va mejorando.

—Y hacen careras de caballos en las fiestas y Modesta era organizadora de todo, qué te crees, hija. Ahora no, por los ojos, pero se juntaba denero para el pueblo —explica la *bobe*.

—Ah, pus en Israel también hacen carreras de caballos, y hay fiesta del Día del Árbol...

—¡Oy, qué festejo! Ese día no quisimos regresar a hotel. Hasta la madrugada estuvíamos en gran bosque y comimos frutas de todo el mundo. Jóvenes en árboles subidos, cantaban, hubía como seis orquestas y jóvenes en mecate... pecate...

—¡Petate, señora Annita! Como los de aquí, en el suelo.

No saben cómo se llama la fiesta, pero es de las semillas y la cosecha, explica Modesta, y añade que no debe confundirse con *Súques*, que es la fiesta de las cabañas donde todos deben estar siete días en una cabaña.

Porque la que sí es igual es *Yom Hatzmaut*, irrumpe la *bobe*, que es como 16 de septiembre, Día de Independencia.

—Ah, ésas sí son lo mismo, doña Anna, cuéntele a su ñeta de cuando se enojó el viejo...

Ambas se ponen a reír a un mismo ritmo:

—Un 16 de septiembre, en calle, pegaron con pelotas en cabeza a Boronsky y martillito de hule, dijo "charlatán", yo dije "¿por qué dices charlatán, si festeja su 16 de septiembre? Eso no es charlatán y no debes decir así".

Cuentan varias veces la anécdota, con puntuales detalles, en versiones diferentes, hasta que se cansan de reír y aparecen los suspiros.

Pero el timbre del teléfono reactiva la escena.

Entonces, escucho durante media hora las terribles quejas de la abuela de este lado de la bocina. Lo negro de su vida, sus pesares se desgranan como migas de pan en el pasillo, al tiempo en que Modesta, en primer plano, me cuenta del ponche que sabe hacer, la ensalada de Nochebuena para Navidad.

Estoy presa entre los dos mundos que se vuelven un mismo océano.

## 4

El criminal me lleva por un sendero de reflejos de sol entre ramas de árboles altos, risueños ante la brisa que los despeina ligeramente. Es una sorpresa, me ha dicho.

Es una tarde de viernes, inusual. No es día de encontrarse. Pero él me ha citado en los helados de Coyoacán, bajo el bullicio de los pájaros. Allá vamos.

Una vereda a la izquierda que se angosta hasta llegar a una entrada con portón de madera, cruzando el umbral aparecen, como casitas de muñecas, una hilera de chalets, todos pintados de color salmón, rematados con el clásico tapanco de ventana circular.

El número 14 es el indicado. Bajamos del coche. El criminal tiene la llave, abre y me dice: "Entra. Aquí vamos a vivir".

\*

—… y uno de los hijos de Boronsky se fue a gastar coarenta mil dólares en la Vegas, pero a mí, el viejo sólo dejó ocho mil pesos de pensión. Pero no es todo, porque ese hijo mató a su mujer, porque mujer estuvía loca. Era mala, muy guapa, eso sí, era árabe, insultaba a los hijos, les decía eres un judío ruso —dice la *bobe* regresando del teléfono.

—Y hasta les gritaba por qué no te mueres, que te aplaste un camión, yo lo oí, Tatiana —agrega Modesta—. Y les decía rateras a las muchachas, no, si de veras, por eso el marido ya no la aguantaba. Hizo bien en matar.

—Los hijos lo apoyan. Y se casó a la semana de entierro. Claro, sin música, porque entre judíos no se puede aplazar boda, es por ley bibliotecal…

—Entre nosotros sí, dos de mis hermanos aplazaron hasta por tres meses sus bodas. Ay, pero no sé por qué no se divorcian, mejor. A mí, si me pegara un marido, yo le pegaba también o lo mataba. Que me matara, pero yo no me iba a dejar. Por eso no me casé. Pero si me hubiera casado, no me dejaría tratar mal. Antes, las mujeres eran sufridas, quién sabe por qué tenían que soportar, pero ahora no. Blanca, mi sobrina de dieciséis años, dice, pero ¿qué tal si te pega y lo sigues queriendo? Ah, pues si no se nace queriendo, también se aprende a aborrecer, y más como soy yo de rencorosa...

*

¿Estoy mejor? ¿En el colmo de la felicidad? Desde que despierto contemplando ese bosque al lado del criminal, una sensación de irrealidad me tiene atrapada en una especie de nube. No es la nube dorada. Se parece a la neblina de los paisajes melancólicos, a las puertas entreabiertas a la espera de una mano que se decida.

Es el quinto miércoles que llego con esta cara debajo de mi cara a la mesa del antecomedor.

Una cara más sedienta que antes, más sumergida en extrañas aguas, en silencios que van subiendo de tono entre las raíces del chalet en donde hacemos el amor.

*

—... pero hay mujeres que, mientras más les pegan, más quieren a los hombres, dice Blanca, ay no, qué horror, yo no.

—En cuarenta y seis años de casada, yo nunca peleó con *zeide*, ya sabes que ser *cohen* es un poco loco, cuando él llegaba así, yo ponía suéter y salía a calle a caminar una hora, "hablas con lámpara", "mete cabeza en pared", yo dije. Regresaba y él ya estaba tranquilo, y dijo a mí: "a ti sí

160

te puedo querer, si tú oyes todo que yo quise dicir, echaríamos todos platos encima". Así yo enseñé a tu mamá, hija, porque hay que saber sobrellevar. *Zeide* era pior, tu papá es moderno, pero *zeide* fue antiguo.

—Uy, sí, Tatiana. Tu *zeide* se enojaba por nada, y el viejo Boronsky era muy insistente, se estaba meses diciéndote lo mismo.

—Mallugaba como en Toluca: no mata, pero cómo ataranta —dice la *bobe* y la carcajada se esparce en el aire a canela de la masa de galletas, para, como por acto de magia, regresar al estribillo: "sufrí bastante, hija, también aprendí a sobrellevar".

—Ya, señora Annita, apúrese que le va a dar flojeritis aguditis…

—Aguditis, aguditis, pero ya estoy cansada.

Por fin se sienta un momento. Muestra los calcetines, las mallas y las chanclas que le regaló Modesta para el frío. Modesta presume que ella duerme con una cobija de Colombia que le regaló la patrona de una sus sobrinas.

—Abrigo de mink voy a vender, hija, pero la capa es herencia que va a quedar, no voy a tomar un quinto de hijos, eso no. Boeno… Pudía estar pior. Pior es morir. Porque allá qué hay, nadie ha regresado para decir qué hay. Es mejor estar vivo, como decía mi papá: "es mejor estar aquí que allá" —explica señalando el suelo—. Mientras más tiempo estás aquí, menos tiempo vas a estar allá.

# 5

¿Cuánto tiempo va a durar esto?

Nos da terror hablarlo. Nuestros cuerpos andan lánguidos en un mar de sábanas, con la tarde abierta, como boca. Pero entrecerramos los ojos en la demasiada luz y parecemos peces en la ingravidez de cada uno de nuestros actos cotidianos.

Le tengo más miedo que nunca al criminal.

*

Discusión sobre si las galletas se van a quemar o no. Anna le da una nalgada a Modesta. Modesta se queja de que le dolió el *tujes*. Anna dice que es sabroso dar nalgadas en *tujes* bien redondo y duro y hasta se queda en la mano lo sabroso.

—Ay, doña Anna, me lo dejó ardiendo, palabra, y eso que no lo tengo aguado… La cocina es una fiesta de enojos fingidos y la tarde se ha evaporado. Me muerdo los labios, mientras la abuela me despide:

—Ya quiero meterme en cama, y cubrir con cobijas, es mucho frío, hija. Pero no me gusta mucho cama. Si pasa de las siete de la mañana, yo levanto, me da miedo cama… Ay… ¡Mira tus pies! ¡No traes medias! ¡Me asustas!

# Duodécimo tiempo

## 1

Todo va cuesta abajo, los muertos se acumulan y el encierro se ha vuelto una nueva normalidad. Mientras los pájaros cantan afuera como si hubiera muchas mañanas para ellos, o tal vez, metidos de lleno en su presente inacabable, nosotros damos vueltas en una pecera cada vez más asfixiante.

Giorgio dedica horas a su huerto de yerbas con los que condimenta los platillos que me pone en la mesa, como si fuera un restaurante mediterráneo y él, un chef maestro. Quiere sacarme la sonrisa a toda ahora, las niñas están bien, me dice, porque Samara por fin envió una fotografía a través del WhatsApp de una compañera que viajó a la capital. A sus veintisiete años, la edad que yo tenía en esta historia, es una joven mujer de cara al sol, la veo tan plantada en la tierra como nunca lo he estado yo, no puedo creer que sea mi hija. La traje al mundo en un arrebato de acciones impensadas y ella le ha sacado partido, construyendo comunidades más que habitables, hermanas de la naturaleza.

Las niñas están bien, repite Giorgio sirviéndome la sopa de tomate a la albahaca y el *pinot noir* perlado del congelador, porque Judith nos compartió el video en el que, envuelta en su traje de astronauta-médica, le canta una dulce melodía a los enfermos para que se tranquilicen. No se distingue para nada su rostro detrás de los goggles y la mascarilla. Pero esa voz mezzo soprano que sacó de la abuela Anna me reconfigura su imagen. La fuerza y la delicadeza de su vocación para sanar, cuidar, acompañar, compadecer, me estremecen.

Yo viajo entre las paredes dándome de topes con un samovar inalcanzable.

Soy un fantasma de mí misma.

## 2

Por primera vez, la abuela ya está comiendo, con semblante fiero, cuando llego al antecomedor:

—Yo no desayuné, Lena sí, y bien bonito.

—¿Ves? Yo dijo que esperamos hija…—responde la *tutta*. La abuela es un trozo de carbón. Lena continúa:

—Ay doele ojo, mi pobre ojo único, boeno, ni modo. A las tres, toca medecina, toma hija, dale coerda y pon en tiempo.

—¡Ya puse yo en tiempo! —exclama con un grito Anna—. Por eso tengo callo en dedo, yo doy coerda siempre, Tatiana, ah, pero que no hinche su dedecito la printzesa, mejor que hinche mío. Coesta salud, hija…

El resto de la conversación es una crítica a Lena y una autoalabanza de Anna. El monólogo sigue el ritmo histriónico de la abuela, que deja el plato de comida y se levanta con juvenil entereza y ríe, llora, clama, se serena, se pone seria o sabia o festiva según el hilo de las escenas que recrea.

Ayer llegaron las señoras de las Damas Pioneras, porque el domingo fue su cumpleaños y le trajeron un lindo ramo de flores en maceta, y además cada una trajo una "chipisturria": jabón para la cara, medias americanas que cuestan cinco dólares, una cajita para sacarinas… No tenían por qué hacerlo, pero lo hicieron.

Se peleó con Lena para que se vistiera presentable, porque anda en pijama hasta la una de la tarde, con una camiseta y encima un suéter gordo y feo. Le ofreció doscientos pesos de regalo, llorando le dijo que "perdóname, no tengo más", a lo que Anna, enojada, le respondió "no me lloras, no quiero regalo". Entonces Lena, muy tranquilita, no dijo más y se los guardó, a pesar de que Anna le da mucho y demasiado y toda la gente se admira de lo que ella hace por su hermana.

Lena esconde los jabones que regalan a Anna y usa el de la cara para el *tujes*. Modesta baña a Lena en tina, sobre una silla, nadie puede sacarla de la tina si no se sienta en la silla, pesa una tonelada. Lena cooperó para darle a Modesta doscientos pesos al mes, pero una vez, Ruth, la nieta, le dio cincuenta pesos a Modesta, y desde entonces Lena le bajó la cuota a ciento cincuenta.

Además, en la mañana, Lena vio cómo Anna le daba fresas con crema a Modesta y dijo: "¿a ella das eso?" Anna le respondió "si Modesta está viendo y tú lo comes, ¿por qué ella no?". Pero gracias a Dios Anna se lava el cuerpo sola, claro, en tina, papá prohibió la regadera porque se puede caer. Modesta sólo baña la espalda. En cambio, a Lena no lo importa el gas que usa y está media hora con el agua cayéndole encima.

Anna siempre ha visto por los otros, Lena sólo para sí misma. *Zeide* le prohibió a Anna verla, porque lo trató mal. Se hablaban a escondidas y sólo se contentaron hasta la boda de la hija de Lena. El marido de Lena le dio anillo de brillantes en bodas de oro, en aquellos tiempos costó ocho mil, ahora ochenta mil. Y cuando una de las nietas anduvo mal en los negocios, Anna le dijo a Lena que le diera el anillo. Sí, ni modo, lo dio.

El año pasado todos dieron diez mil pesos a Damas Pioneras "vas a morir y ni quién se acuerda de ti, haz algo por niños pobres, por Israel". Y Lena finalmente dio. Ah, pero ahora que le regalaron dos batas a Anna por su cumpleaños, Lena le pidió una. "No, tú tienes muchas que yo te regalé, prefiero dar a bazar que saquen cien pesos para niños pobres, tú tienes denero y no das un quinto más que los tres mil para renta".

Anna nunca pide nada a nadie. Misha, mi tío, que es su hijo, le quiso dar cinco mil pesos y ella no aceptó, él insistió "para que compras algo", entonces tomó mil quinientos y dio a Damas Pioneras, y otros quinientos más para *Froyen Farein*. Cada año da quinientos, pero cada cinco años que cumple, da los años que cumple *jai*: por 18. Cuando cumpla noventa va a dar noventa veces *jai*, que es 90 por 18.

Mientras tenga qué vender, no pedirá nada a sus hijos. Si ya no tiene, entonces los hijos tendrán obligación; si no, no. Tuvo que valuar el abrigo de mink, va a pedir sesenta y cinco, por lo que regateen. Saúl, mi primo, su nieto, el hijo de Misha, ni recordó su cumpleaños, no es tan mala abuela, no quiere regalos, sólo una llamada de teléfono una vez al año...

Y de Misha no sabe ni siquiera si se volvió a casar después de haber enviudado. *Zeide* nunca supo que se había casado con una *goy*, el pobre murió sin saber que tenía nietos de él. Ella los veía a escondidas y les daba regalos, Malena era una buena mujer. Ya con Boronsky sí la invitaban a casa, y cuando enfermó, la visitaban al hospital.

—No vas a creer, hija, pero Boronsky me vio llorar cuando tú casaste con tu *goy*, y dijo "no llores Anúshka, vendrá tiempo en que todos nos vamos a asimilar a *goyim*".

Aquí sí salto, incrédula, y meto mi cuchara en su monólogo:

—¡Cómo crees, *bobe*! ¿Boronsky? ¡Pero dijiste que no te había dejado ir a mi brindis!

Recibo una más de las sacudidas que me asesta la abuela y que no son sino revelaciones de olas y de espumas que remolinean bajo la mesa del quinto piso de este edificio.

Hay una mujer *otra* en la anciana de dulces ojos que me mira. La otredad de Anna Talésnika, Kolnik de primer marido, y Boronsky de segundo, es múltiple.

—Mira, hija, el pobre viejo Boronsky no opuso a tu boda ni prohibió ir. Yo hice todo ese invento y teatro para que hijos de Boronsky no empezaran habladurías. Yo no quiso que metieran contigo. Tu *zeide* era mil más pior de fanático, religuioso loco…

Tengo meses visitando a mi abuela y apenas hoy me suelta estas revelaciones, algo se ha desatado en este espacio. Las ventanas son lentes hacia dimensiones cuyo umbral empieza a atemorizarme.

## 3

—¿Por qué te separaste de Javier, Tatia? Hasta Boronsky dicía que era boen muchacho. Ahora estás sola, ¿es mejor así? Hay que aprender a aguantar, hija. Yo aguanté cuarenta y seis años a *zeide* y su "cohenés", ¡sólo Dios sabe! Y nunca dije ni un palabra, ni mis hijos supían si yo enojaba o no. ¡Faltaron cuatro años para bodas de oro!

*

¿Me he preguntado cuántos años lleva de casado el criminal? Hemos omitido el tema casi como una obsesión. Nunca pensamos en hacer nada más que probar vinos, viajar en escapadas y hacer el amor como se hacen las pompas de jabón en los parques, por el gusto inocente de crear un efímero mundo de luz en miniatura y admirar el arcoíris de su explosión.

Como asignaturas autoimpuestas, nuestros encuentros se destinaron a compartir el presente en términos pulcros e inmediatos. Las familias y sus cuitas quedan del otro lado de la puerta.

Desde que inició esta travesía de los miércoles en casa de la abuela, le he compartido al criminal algunas de las anécdotas. Por momentos, sé que parezco hipnotizada con mi propia voz y mi mirada adquiere dramatismo, como si en mis ojos se reflejaran las escenas que voy narrando.

Él me escucha y, en los primeros puntos suspensivos, me lleva a sus brazos para cubrirme enteramente.

¿Cómo es que, un día, sin solución de continuidad, nos topamos en el trance de la vida en común?

Ya no le cuento de estos miércoles. Me da una especie de pudor que no me explico. Empecé a vivir una doble vida: entre mi abuela y el criminal hay una grieta que se profundiza y me tiene en el borde.

\*

Anna espera que yo encuentre ahora a uno de los "míos", puede estar equivocada, pero cree que me irá mejor que con Javier.

—Quiero que tu papá tenga *najes* de ti, Tátiele. Por eso, cuando estuvía moerto… oy, ¡qué yo dijo! ¡*Solst ir leben hinder un tzvontzik*! Quiso decir cuando estuvía "enfermo", viva ciento y veinte años, a mí no engañaron, nunca no voy a olvidar cuando lo vi en cama. Todas noches pedí a Dios que me lleve a mí, no a él.

Noches lloraba y pedía a amigo Shaie que estuvía en *shul* en el estrado de la Torá para que rezaran por Kolnik, para que aliviara.

—¿Por qué tenías que pedirle a Shaie?

—No, hija, mujeres no pueden entrar con Torá, es *túmer*.

—¿Qué significa que es *túmer*?

—¿A mí preguntas? Hay que estudiar Torá para saber, yo no sé. Cuando se quita regla ya puede acercarse. A mí quitó regla a cuarenta y dos años. Cuando *zeide* enfermó pedí con Torá porque ya no tuvía regla. Pero con todo y que pedí, murió. Dios sabe lo que hace.

# 4

La *tutta* Lena se despereza como gatito de peluche entre sus chales color perla. Su sonrisa es tan juguetona como inmensamente gruesos sus lentes enmarcados en el mismo tono perla de su chal y sus cabellos.

—La muy muy… —exclama Anna—, no quiere donar a bazar de pobres vestido sin manga, es feo a su edad, que persona tan grrande usa vestido sin mangas, es feo, hija, brrazos cuelgan. ¡Qué voy a hacer con Lena, *veis mier*!

II

# Tiempo de Lena

## 1

Se fue. Pasó como airón de azúcar tierno, como muñequita de trapo, como ráfaga de polvorón. No me contento. Podría volver a verla en otra parte. Pero ya no será la Lena del departamento en la Condesa, ese reducto del quinto piso que abría cada miércoles la puerta hacia naufragios, nieves, incendios, candiles, y un samovar perdido en las colonias de la Ciudad de México, pasando entre manos sin saber que hay tazas que lo esperan desde hace muchos años.

La *tutta* Lena, finalmente, tomó la bocina del teléfono y le pidió a la hija que le alquilara un cuarto en algún lado y que las comidas las haría en casa del hijo.

Acto seguido, el hijo se la llevó a su casa. No habían pasado inadvertidos para ella los constantes desdenes de la hermana. Pero Anna está ofendidísima porque Lena se atrevió a ponerla en mal con toda la familia.

Modesta tampoco está. No entra el sol este miércoles. Tengo frío. Le he pedido un chal a la abuela. Un chal lo más parecido a los que usaba Lena. Y un té muy negro, como si estuviera hecho en samovar.

El aire helado de enero en el Ajusco no es poca cosa. El chaletito tiene una chimenea de barro que cuesta mucho trabajo encender.

Hemos discutido hasta dejarnos de hablar, para no entrar en insultos, por la logística del uso de la chimenea. Los días con el criminal no son un poema. Las noches, no resultan una fiesta parisina. Los silencios se prolongan como humo de copal, prefigurando algún entierro.

## 2

—Amalia no está bien.

Voy al volante, en carretera. Habíamos ido a un evento a Querétaro. Me invitaron a dar una plática con estudiantes sobre la importancia de la imagen en el arte y en el periodismo. El criminal venía de acompañante anónimo. Aprovecharíamos para pasar una noche en un lugar exclusivo que él conoce en Peña de Bernal, con una cava estupenda.

Estuvo dócil, amigable, prudente. Algunos estudiantes me tundieron un poco, pues no tengo una formación académica suficiente para ellos, aunque otros aplaudieron mi audacia para transgredir la mirada de la lente y proponer discursos de frontera. Él se mantuvo entre el público y, como un tutor enternecido, me hizo un cariño en los cabellos rumbo a la salida del auditorio.

Ya en el estacionamiento le aparecieron las prisas y, vigilando a la redonda, nos metimos al coche, y él condujo hasta el Canto del aire, una terraza semicircular y la botella del tinto bien perfilada sobre la mesa.

No dijimos una palabra de la charla con los estudiantes. Era nuestra primera salida en esta vida en común.

Nos centramos en el buqué y en los entremeses, con el ímpetu de que el vino hiciera de las suyas y nos llevara a donde tendríamos que llegar.

Pero el encuentro resultó desgastante, tratando de revivir euforias que ninguno de los dos sentía en verdad. Creo que me quedé dormida contemplando por la pequeña ventana de madera un trozo de luna con sabor a cuadro medieval.

Supe perfectamente lo que su frase quería decir, y el momento justo en que la dijo, cuando veníamos de regreso en la carretera, frente a un impresionante arcoíris que cortaba el aliento.

## 3

Desde que salí del elevador escuché la voz entrecortada de la abuela hablando por teléfono. Se despedía de la *tutta* Lena para siempre, para siempre.

Entré sin hacer ruido, Modesta me abrió en silencio. Me coloqué detrás de mi *bobe*, que tomaba la bocina con agitación y, entre exclamaciones en idish y algunos sollozos, le decía a la hermana cuánto la quería.

No había pasado ni un mes y ya el hijo de México había hecho los preparativos de pasaporte y boleto de avión para que la *tutta* Lena partiera a Boston a casa de la hija mayor. Necesitaba un lugar donde llegar a vivir sus últimos días en paz. Partiría a la mañana siguiente.

No sé cuánto tiempo duró esta conversación entre las hermanas, con su rayo de oscuridad partiendo los instantes luminosos a los que cada una necesitaba aferrarse.

El corazón me palpitaba tan fuerte que lo sentía en las sienes. Me mantuve en mi sitio.

## 4

Me mantuve en mi sitio.

El corazón me palpitaba tan fuerte que lo sentía en las sienes. El descomunal arcoíris se plantó delante de nosotros en medio de una carretera lluviosa y alegre.

"Amalia no está bien", había soltado así, como moneda de cinco pesos que cae tintineando al suelo, pero que uno sabe que terminará cayendo a la reja del drenaje, que acabará tapando los ductos y que hará explotar el piso de la casa.

Una frase monedita de oro que terminará en epopeya, y de las malas.

Mis manos sobre el volante, la vista en mi película interior. Preví en ella cada uno de los movimientos que ocurrirían una vez que llegáramos al chalet del Ajusco.

El criminal sacaría del refrigerador la botella abierta del tinto que se había quedado a medias con su corcho bien puesto. Se serviría un buen trago. Me serviría una copa que yo rechazaría primero.

Se frotaría la cara con ambas manos, se echaría en el sillón, empezaría con una perorata de que el mundo es un asco y el vino sabe a mierda.

Me lanzaría una débil sonrisa angustiada para despertar mi compasión.

Luego de explicarme cómo la hermana le avisó lo del colapso de Amalia, me bebería la copa en trance de veneno.

La película que fragüé durante el lapso que duró el regreso por la carretera no llegó a la escena en la que yacería bajo el peso del criminal, con la cabeza hacia un lado para que las lágrimas se resbalaran hacia la almohada, mientras él se afanaría en cumplirme como macho la promesa de la felicidad.

Una Tatiana enardecida habría echado en un morral sus cuatro trapos y se habría largado con un portazo a media cara. Una Tatiana que no estuviera partida en dos.

No una Tatiana que observó, entrando en una densidad cada vez más asfixiante, cómo ese hombre se convertía en un criminal de verdad, preparando la maleta para regresar con su mujer, porque no podía dejarla en ese estado de colapso.

—Pero tú te quedas aquí, Tatiana, no te preocupes. Vendré a verte.

## 5

A veces *nunca* es de verdad.

A la mañana siguiente de esa dolida conversación que atestigüé, me llamó Modesta por teléfono.

—No lo vas a creer, Tatiana, doña Lena despertó muertita, ya no se pudo subir al avión.

La noticia corrió entre la familia con un azoro que nadie sabía si reír o llorar. Todos coincidieron en que la *tutta* Lena nunca quiso vivir con sus hijos, y no tenía el menor interés en viajar hasta Boston para emprender una nueva vida a los noventa y tres años, por lo que hizo lo debido y se quedó en la patria que la recibió con mucho sol y muchas *najes*.

No pude ver a la *bobe* por un tiempo. Sentía enojo y culpa. Presentía que, si ella no le hubiera echado encima ese torrente de quejas y burlas, por lo menos en lo que puedo atestiguar, tendríamos la figura de pan de dulce de la *tutta* Lena perfumando nuestros miércoles con sus risitas y sus chales. Me mantuve al margen, no opuse resistencia.

Me descosía el corazón imaginar los sentimientos de la abuela en ese trance, seguramente un torbellino de contradicciones y un arrepentimiento negro, como son aquellos que no tienen vuelta de hoja.

Pienso que ella tampoco quería verme. No insistió. Había muchas cosas de las que no queríamos hablar.

¿Con qué cara me iba a recibir ahora? ¿Qué justificación habría podido darme si yo fui testigo directo de la conducta que orilló a su hermana a escapar?

¿Con qué cara iba yo a sentarme a su mesa? ¿Qué justificación habría podido darle de mi total perdición ante un criminal que me había metido en una prisión por mi propia voluntad?

¿Con qué cara habría de imaginar a la *tutta* Lena cumpliendo ese sueño de compota de la vieja casa en Ucrania, con el último reducto vengador que le quedaba?

A veces, se es criminal hasta con uno mismo.

# Tiempo de Anna

## 1

Tirada en el suelo, con la bocina del teléfono en la mano. Le había marcado a Lucas, el socio del criminal, el único que conocía nuestros andares. Necesitaba que una voz me devolviera a la realidad y me dijera que todo estaría bien.

Eran las cuatro de la mañana. El ulular de un viento extraño en los alrededores del chalet hacía coro con mis sensaciones.

Al cerrar la puerta, maleta en mano, el criminal me había soltado en un lampo de frío y extrañamiento de mí misma. Convertida en el personaje de la amante en las malas historietas, dejada en un tris, en pos de la esposa sufriente, no supe qué hacer con mi cuerpo.

Mi mente se había pasmado en un *loop* que repetía mi pregunta:

—Entonces, ¿cuándo te veo?

Las explicaciones fueron monosilábicas. La pregunta esencial, aquella que me brotaba de la garganta como el último chorro de sangre después de un corte a la yugular, limpio, certero:

—... entonces, ¿cuándo te veo?

El socio me escuchó gemir con paciencia de santo, un par de horas, en el teléfono. Me contó alguna historia desafortunada que tuvo con una mujer, para que me mirara en el consuelo de muchos, y me juró que su amigo era un hombre cabal, pero que su sensibilidad lo hacía parecer débil, y no tenía intención de herir a nadie, por Dios, faltaba más.

Con estas palabras, me limpié la nariz y me dispuse a aceptar lo inaceptable.


## 2

Al otro lado de la bocina, mi abuela grita en tres idiomas revueltos:

—¡Cerró púrpuros, hija! ¡Cerró púrpuros, *táyere*!

—¿Qué? ¿De qué hablas, *bobe*? ¡Qué pasó!

Nunca me llamaba por teléfono, salvo el día de mi cumpleaños, a las siete en punto de la mañana. Me recitaba sus hermosas bendiciones en idish, que yo recibía como mi primer regalo.

Que ella misma marcara el teléfono, y exclamara cosas ininteligibles aun para mí, me retumbó en el corazón.

—Púrpuros, Tátia, púrpuros, María cerró púrpuros… —y se echa a llorar a lágrima viva.

María. El nombre de María.

—¡No te entiendo, *bobe*, qué pasó! Modesta le arrebata la bocina:

—Murió María.


*


El criminal está durmiendo la siesta. Volvimos a la rutina de los encuentros, dos o tres por semana, acaso. Sólo que ahora se queda a pasar la noche algunas veces, porque del Ajusco a Echegaray hay que cruzar la ciudad y él inventó que Lucas, su socio, le presta un estudio cuando trabajan hasta tarde.

Las cosas están colgadas con pinzas, pero sobre rieles.

Hoy le tocaría quedarse, hemos tomado la tarde con calma, preparándonos para una cena íntima.

El criminal despierta con mi grito, un solo grito, frío, como puñal en medio del silencio.

Por primera vez quiero hacerme un daño irreversible que me desaparezca por completo del planeta: estoy poniendo en la balanza correr al hospital a ver por última vez el amado cuerpo de María, antes de que una carroza se la lleve de vuelta a su pueblo, como quieren las sobrinas y los hermanos, cosa que mis padres han organizado y pagado, o aprovechar que tengo el cuerpo del criminal a mi lado para toda la noche.

La vergüenza y el dolor me dejan echada de espaldas en la cama, mirando el techo. Las lágrimas se me escurren a los lados de las sienes.

El criminal se yergue, me dice:

—Tienes que ir a ver a María, te llevo.


## 3

El cristal.

¿Dónde está la muerte en ella? No sé si reírme de la pronunciación de mi abuela o entender la atrocidad. Quiso decir que había cerrado los párpados y luego vino la música atroz "murió María".

Qué es la muerte: no ver, lo irremediable. Tener que saquearme los instantes con ella para traerla de nuevo a la vida. Su voz constante hablando de los preparativos del pavo para las fiestas, su imagen revoloteando aquí y allá. Horror, primero; luego, sumergirme.

Su traje tejido color de rosa, ¿cómo? La palabra muerte cobra otro significado. Se muere de hambre, de rabia, de miedo; se vive con la muerte, como parte de la vida. Aunque el cuerpo se corrompa, hay vida todavía ahí. No que no entienda la muerte. Todos pueden morirse ya, ahora mismo.

Con estos jirones de pensamientos voy en el coche del criminal, se detiene en la funeraria, me dice "ve, anda, te espero a la vuelta".

Corro, como si no fuera a alcanzarla.

Ella está esperando, acomodada de lado, como para dormir. Con su traje tejido color de rosa bajo el cristal de la caja. Es mía. Me la llevo, con permiso. Mi María.

Oh... hay unos algodones pequeñitos en cada una de sus fosas nasales. Las piernas se me vencen.

Eso es la muerte.

## 4

En la noche llega María en mi sueño, como todos los domingos. Dice que éste es el último. Por qué, le pregunto, exaltada. Porque ya me voy a acabar de morir. ¡Por qué! No sé, dice. La muerte es algo horrible, asusta mucho porque no se entiende, no sé, pero ya me voy.

A pesar de que no quiero nada con ese hombre que duerme a mi lado, es el único que escucha mis gritos sofocados, los sollozos que me convulsionan en la cama.

Es el único que está ahí para abrazarme. Me acurruco en su hombro, Mi estado es el de una perfecta descomposición de mí misma: sufro, odio y estoy en una soledad acompañada.

El criminal me lleva a desayunar un glorioso buffet casi infantil, con hot cakes, cereales de colores, malteadas y abanicos de frutas.

Me saca sonrisas, una que otra risa, me soba las manos como un buen padre.

Y, puntualmente, me deja en casa para retirarse a su hora debida.

Por eso he dicho, y lo sostengo, que es un criminal.

## 5

Volvimos a las comidas de los miércoles, más huérfanas que nunca, mi abuela y yo.

Pero Modesta, es una doble huérfana: ha perdido a la *tutta* Lena y a la tía María, que es como decir, se le han quebrado las dos columnas del palacio. Claro, le queda, a Dios gracias, el gran tronco mayor del cual pende la cúpula central, que obviamente es doña Anna Talésnika, la gran *bobe* de todos los tiempos, la Dama Pionera por excelencia, la dama del samovar, mi abuela, nuestra voz en la tiniebla.

*

Está mirando por la televisión el lanzamiento de la nave espacial Columbia, que volvieron a retrasar.

—Antes, ¿a quién importaba qué hubía detrás de luna? ¿Importaba? No entraba en cabeza, hija. Hubía strellas, planetas, y sol, y ya. ¿Ir a ver? ¿Para qué?

—¿Y si hay vida en otras partes? —le pregunto.

—¿Vida? ¡No!

—¿Y por qué sólo habría aquí? —insisto.

—No me preguntaron, hija, a mí no preguntaron, hicieron.

—Además… —interviene Modesta— nomás deshicieron la atmósfera con sus cohetes.

*

Le cuento lo de la clonación, que ahora es la noticia del día.

—Yo podría tener una hija de una de tus células, y sería una copia idéntica de ti. ¿Te imaginas, *bobe*?

—¡Vaya a diablo! —grita, se espanta, no quiere oír más.

—Si yo ya lo sabía —exclama Modesta—, usté sabe que me gusta leer, doña Anna, ahora ya no puedo, por mis ojos, pero siempre me ha encantado, y yo leí eso, así.

Entonces la *bobe* cuenta una anécdota que un hombre le pidió a un oficial que se acostara con su mujer para hacer un hijo, porque él no podía. Al salir, el hombre le preguntó al oficial: ¿va a ser niño o niña?, ah, eso no sé, pero sí va a ser sífilis.

Se echa a reír y nos contagia a Modesta y a mí. No la sífilis, claro está, sino las ganas de volver a vivir.

—Es anécdota, hija, ya sé que se pone inyección y cura sífilis ahora. Pero no me hablas a mí de clonación. No quiero oír, ya no voy a comer. Da asco, hija.

Y se lanza sobre su sopa de col, que devora con mucho deleite.

*

Otra vez me cuenta el episodio del temblor a su llegada a México, donde cayó por las escaleras y perdió a la que hubiera sido mi tía, la primera mexicana de la familia, aún me turba esa presencia como de ráfaga, ese fantasma familiar cuyo nombre desconocido me incita y me estremece.

—Estuvíamos un año, ¿cómo se dice?, sin tocarnos, tu *zeide* y yo… Y ya después volvimos como siempre. Así, hasta que *zeide* enfermó muy fuerte de corazón.

Y esta plática viene de que la hija de Boronsky le quitó un centenario que el viejo le había dejado en el testamento.

—No, Tatiana, no se lo quitó, se lo robó, bruja asquerosa —corrige Modesta, que ahora está planchando en el pasillo para no perderse de nada.

—En mi vida he perdido más que un centenario, hija, si Dios sabrá —suspira la *bobe,* mirando un punto fijo hacia algún lugar que sólo ella reconoce en el techo de la cocina.

*

Son las últimas palabras que le escucho de viva voz. Tengo una gira de trabajo y no sé si llegaré para el próximo miércoles, le aviso.

# 6

Sólo quiero los lentes, los de fondo de botella, los que guardan las cataratas de mi abuela. Y el perfumito de L'air du Temps con su corona de cisne. Sumergirme en el aroma de un jardín parisino en el que ella, mi abuela, ha caminado.

Me miro en el espejo, justo ahora, cuando mi madre me cubre con el mink color castaño.

—No, sólo quiero los lentes —me oigo exclamar.

La recámara de la abuela es un barco, dibujada su densidad en las aguas del Caribe. En la blanca playa donde brindo, al lado de mi criminal, por la vida imperecedera de Anna, ante la puesta del sol, alzando la copa de champaña hacia el horizonte, cuando el sol se ha vuelto un recuerdo de sol, un manto rojo, morado, oscuro, negro, hacia la tierra, paletadas sobre la abuela.

No estuve en el entierro, paseaba con el criminal, en una escapada que inventamos, en un hotel muy oculto, sin teléfono en los cuartos. Sólo la prima de todas mis confianzas sabía que me había ido a ese lugar, pues no eran tiempos de internet, y movió cielo y tierra para conectarse directo a la gerencia. Uno podía perderse de verdad en el abismo del planeta, ocultarse bajo una sábana, guardarse en la maleta y huir del ruido y sus campanas.

Tardamos un día y medio en conseguir vuelo de regreso a la Ciudad de México.

Ahora pienso que fue un guiño de mi abuela, un último cobijo que me dio, impidiéndome que yo mirara cómo su cuerpo habría de ser depositado bajo tierra, cubierto y dejado ahí, a solas con el misterio.

Lo que sigo sin entender, ¿acaso sin perdonarme?, es que hubo tres meses antes del final, un paréntesis que aún en este momento me parece de locura, inaceptable en todas las formas posibles del entendimiento.

Ella era el barco que de pronto empezó a naufragar. Y yo, de buenas a primeras, abandoné el barco, aferrada a su samovar, buscando la salvación.

Pero todos nos hundimos.

7

—Háblale a mi papá —fue lo primero que se me ocurrió decirle a Modesta, porque me llamó, llorando, para avisarme que mi abuela no le dirigía la palabra desde la mañana.

Yo estaba en el cuarto oscuro revelando unas fotografías, y no entendí bien de qué se trataba. Mi padre era el médico de la familia y resolvía todos los entuertos; más allá de sus competencias, aparecía mi madre para hacer el pulido fino.

Al día siguiente, volvió a llamarme, entre gemidos y sollozos, porque mi abuela seguramente estaba enojada con ella, y no sabía por qué. Ya se lo había preguntado ella misma, pidiéndole perdón cien veces, si es que había hecho algo malo. Pero mi abuela sólo le hacía una seña de que la dejara en paz, y no le contestaba ni una sola palabra.

No puedo decir que no sentí fastidio, pues yo estaba metida en mi propio drama con el criminal, en las presiones de las revistas que ya me ladraban con la entrega de los materiales, y además vivía a las afueras de la ciudad. No sabía cuánto tiempo me llevaría llegar hasta allá.

Cuando entro a su departamento, por fin, ella está sentada, con gente alrededor, me miran sus ojos enormes de mar de catarata, abiertos hacia mí, con una súplica sobrecogedora, me tiende las manos, yo me acerco a abrazarla, a besarle la cabeza.

Es una afasia de Broca, sentencia el diagnóstico de mi propio padre. Un accidente cerebro vascular que daña la región del lenguaje, por lo cual, la abuela entiende lo que se le dice, pero no puede expresarse con palabras, ni orales ni escritas.

Ella se da cuenta de lo que pasa, pregunta con los ademanes, y aunque le pongamos un papel y una pluma, apenas atina a dibujar alguna letra en el alfabeto cirílico del ruso. Pregunta moviendo las manos delante de su boca, y yo puedo escuchar dentro de mí su voz que dice cuándo va a regresar la hablada. Mi padre dice que poco a poco, necesita rehabilitación.

Le ponen un especialista que la visita en casa dos veces por semana. Yo me vuelvo una piedra atroz. No puedo verla así.

# 8

No pasan ni diez días, cuando Modesta me llama a las seis de la mañana para decirme que corra a ayudarla, que mi abuela no se puede levantar de la cama. Se sienta, pero, sencillamente, no puede ponerse en pie.

Medio dormida, con el criminal roncando a mi lado, le digo, de nuevo:

—Háblale a mi papá.

—Ya le hablé, pero no viene, no hay nadie, Tatiana, ¡por favor!

Cuando llego, ya por la tarde, ¿o, al día siguiente?, sé que le ha dado otro accidente cerebro vascular, que le ha paralizado la parte izquierda del cuerpo. Por eso no puede levantarse.

Está acomodada entre cojines en una silla de ruedas que se ha rentado a toda prisa. Tiene a una enfermera de día y a otra de noche, porque Modesta debe encargarse de todo lo demás, y está tan trastornada, que se ha puesto más ciega. Como la *bobe* no habla, ella tampoco. No puede quitarse de la cabeza la idea de que es su culpa porque la hizo enojar, sólo que no sabe el motivo.

Mi fuga, esta vez, es casi total. Aparezco un par de veces en los dos meses y medio que faltan para el final.

Una de esas veces, que fue la última, me conmoví de tal manera con la llamada de Modesta al teléfono, que ahora mismo estoy a punto de soltar todas las lágrimas que he mantenido a resguardo desde entonces.

—Tu *bobe* no se deja limpiar los lentes por nadie, Tatiana. Si la enfermera trata de quitárselos, se pone como fiera. A mí me suelta unas miradas muy feas si le digo que están asquerosos y que así no puede ver ni las telenovelas. Ella quiere que tú vayas a limpiárselos.

Entonces sí dejo todo lo que estaba haciendo, que ni siquiera recuerdo qué era, seguramente alguno de los mil pretextos que tenía listos para la ocasión.

Está acostada en la cama. ¿Será ésta la última imagen? ¿O, hay otra, en la que está en su silla de ruedas, delante de la telenovela, al lado de Modesta, que plancha sobre el burro, y huele a ropa limpia? La abuela asiente apenas cuando le digo que pronto se va a reponer y la beso, de despedida, ella me sonríe y luego dirige la vista hacia el aparato, a sabiendas, ambas, de que no está viendo la telenovela, sino alguna escena interior. Tal vez aquella escena que prefiguraba como la "muerte bonita", que ella esperaba tener. Una muerte tranquila, en la cama de su casa, con toda la familia alrededor, despidiéndose de cada uno, expresándoles todo lo que le faltaba decir, que, ciertamente, era mucho.

No la muerte que, en realidad, tuvo. Sin habla, sin cuerpo, con la cabeza entera, eso sí, la mente lúcida hasta el fin. Sin nadie amado a su lado, porque incluso Modesta había salido a las compras; sí en su cama, pero en los brazos de la enfermera, quien se dio cuenta del trance y se levantó a acompañarla cuerpo a cuerpo, en los últimos segundos de agonía. La abuela se acurrucó en el abrazo de esa mujer extraña, una *goy* absoluta, en silencio, lentamente, se fue en el ronroneo del té de un samovar recuperado en el naufragio, verde de óxido de mar, pero llegó a buen puerto.

Tal vez es la última imagen, con sus lentes tan empañados que daban ternura de bebé, me miró como quien mira al sol entrar por la ventana en medio de las tinieblas. Me apresuré a quitárselos con cuidado, los lavé parsimoniosamente, y volví a colocárselos. No nos dijimos nada. Más bien, no dije nada. Nada de lo que se dijera tendría sentido ni sería auténtico.

Fue el acto. El acto de dejarlos ensuciar para que Modesta, en su sabiduría ancestral, nos sirviera de puente. El acto de volver a ese departamento de la Condesa, cumpliendo un pacto que hicimos bajo la jacaranda, de por vida. Limpiar todo lo que hubiera que limpiar entre las dos. Volvernos a mirar de frente.

Mirarnos, otra vez. Abuela. *Bobe*.

# Tiempo de Modesta

## 1

Todo empezó en Zumpango. Era un oleaje de flores. Alhelíes y claveles. Las enchiladas y el café de barro del mercado, donde nos detuvimos a desayunar. Ahí andabas, ya María, llevándonos en tus aromas.

Qué conmoción ligera andar los caminos de la mañana en el desierto del Estado de México, las mil leguas hacia Hidalgo para llegar a otra vez a tus manos, María.

Entramos al revés a Tezontlalpan. Tu nombre, María, ya no era la puerta de mi casa de infancia. Tezontlalpan existe, porque tu nombre está aquí, clavado en una cruz dorada que dice "nunca te olvidamos".

Algún día tendría que ocurrir que yo viniera a ver la tierra donde yaces, a aceptar tu muerte, la definitiva y pavorosa. Pero vine a encontrarte, María, en cada monte que circunda tu pueblo, en los luceros de ojos en picada que caen del cielo a borbotones en la noche y en los burros y en los olotes y en cada uno de los rostros de tu gente.

En primera fila, aferrada al brazo fuerte de la sobrina principal, Modesta escucha con una atención sagrada mis palabras. Está totalmente ciega, encorvada y con un palo de bastón.

Mis palabras describen la exposición de fotografías que vine a rendirle a María en el quinto aniversario de su muerte. Y un reportaje que inventé y que propuse a la revista *Caminos de México* para venir a filmar con un equipo las costumbres de los pueblos, fue la coronación del impulso que acechaba para reencontrarme con Modesta.

El único lugar que encontramos disponible fue el ángulo que formaba el muro de piedra exterior de la iglesia y la barda de la vereda. Ahí colocamos un rota folios a manera de álbum. María entre los pollitos del jardín. María batiendo un pastel de natas. María en la pileta bañando a la perra. María conmigo de la mano y en el otro, la canasta del mercado. María echada de espaldas en el pasto del camellón, mientras mi hermana y yo andamos en triciclo. La familia entera en una fiesta de cumpleaños. Hasta Modesta y las sobrinas salían en varias de las fotografías, tapándose la risa, o escondiéndose en el suéter.

Pensé que habría aplausos, carcajadas, felicidad. Mis compañeros camarógrafos daban instrucciones mientras filmaban la escena. El silencio, la quietud del pueblo, que se había reunido para recibir a la hijita del doctor, fueron totales. Todos de pie, pues no había sillas. Todos contemplando con ojos reverentes las imágenes de su matriarca.

Al final, fueron acercándose, con lágrimas en los ojos, hermanos, sobrinas, y demás familiares. Les iba regalando alguna fotografía autografiada, son para ustedes, les decía, la tomaban y se le quedaban mirándola largo rato. Se iban en silencio.

Modesta, tremblequeando, llegó hacia mí, ayudada por la sobrina principal. La abracé con una fuerza que no me reconocí. Ella me trató con una deferencia que no le reconocí. En los ciegos ojos de Modesta vi los ojos dulces de catarata de mi abuela, y el oro de las tardes que de ahí se desprendía. Balbuceó "ay, tu *bobe*, ay mi tía María". Y luego la vi alejarse, tremblequeando, y una parte de mí quedó rasgada.


# 2


"Dame un año", me había dicho el criminal, luego del malogrado intento de nido que se inventó para nosotros en el chalet del Ajusco.

190

Para mí, un año era un abismo. Para él, apenas el respiro que necesitaba con tal de que las cosas no se movieran de ahí.

Pasó el año, ¿pasó? No puedo creer que me mantuviera en ese abismo un año entero. Pero no puedo decir que no fue así. Le pedí cuentas, con una mano en la cintura, como una típica mujer que ya pasó los treinta años de edad y sabe de antemano la respuesta, sin embargo, necesita oírla para explotar.

El criminal me miró con unos ojos de borrego degollado que no hicieron sino sumirme en una lentitud de buzo, una muda lentitud, supongo que es la muda lentitud de quien bracea desesperadamente bajo el agua, contra las fuerzas poderosas que lo arrastran hacia el fondo.

Así, en el ahogo absoluto, me hizo el amor con la suavidad de un pájaro carpintero, para que yo acabara de morir en su abrazo.

No tenía remedio. Sin embargo, tendría que inventarme un remedio.

## 3

Regresaba de tanto en tanto a mi departamento. Ya no lo compartía con nadie más. Una tarde que había entrado para limpiar y abrir ventanas, oí claramente mi voz que decía "qué diablos estoy haciendo".

Metí la llave del chalet en un sobre y se la envié al criminal a través de su socio.

Fue como si me hubiera bañado y puesto ropa limpia. Recordé todo lo que mi abuela había llorado por su criminal casado y con hijos. Yo hubiera llorado a tiempo, pero no lo hice, prolongué su criminalidad hasta convertirme en mi propia criminal.

Es lo terrible de estos criminales. Hay que poner una distancia absoluta.

Pero no preví su siguiente paso. No tuve modo de prever lo que habría de ocurrir.

## 4

—¡Mira, mira, Tatiana!

Llegó abrazando lo que me pareció a simple vista, un trofeo. Le abrí la puerta, quería enfrentarlo, por fin. Luego de dos semanas del sobre con la llave del chalet, se presentaba en mi departamento un domingo muy temprano, sabiendo que yo estaría ahí.

Los domingos son sus días familiares, así que me pareció que estaba haciendo un esfuerzo desmedido para doblegarme de nuevo.

El sol me dio en los ojos, tuve que hacer una visera con la mano izquierda mientras miraba el trofeo.

No era un trofeo. ¿O sí? Había peinado las casas de antigüedades hasta encontrar un samovar con las características que bien conocía de mis relatos cuando le contaba de los miércoles con la abuela.

Era un samovar mediano, viejo, por supuesto, con su pátina verdosa, sus asas de cisne y su sombrero ladeado. Se me aceleró el corazón, perdí el aliento.

El criminal esperaba entrar por la puerta grande. Así son los criminales. Pero desconocía la verdadera fuerza del samovar, el samovar, al fin, recobrado.

## 5

No voy a decir qué pasó con el samovar.

Voy a decir que lo tomé en mis manos y respiré muy profundo. Que le dije gracias al criminal y, con una sonrisa, le cerré la puerta.

Le cerré la puerta. Todavía siento la claridad de mi mano sobre la manija. La claridad que se abrió dentro de mi departamento cuando entré con el samovar buscando el lugar que estaba esperando para cobrar toda su existencia.

Entendí cuál había sido la misión del criminal en mi vida.

Una travesía peligrosa por un mar oscuro y voraz, un barco que naufraga, y un samovar recobrado que me salva en el último aliento.

Se había acabado.

Una invitación a Jerusalén apareció en el horizonte. El viaje se alargó con reportajes que fui enlazando, y así fue como conocí, al otro lado del planeta, otros amores sin un ápice de criminalidad y, con alguno de ellos, concebí a Samara; quiero pensar que no fue uno, sino el conjunto de esos hombres jóvenes que me apasionaron, y, no sé por qué prodigios del destino, no eran judíos, o no se reconocían en ello. Vivían con el peligro de muerte en ristre, la mirada honda, brillante, triste bajo el espejo del sol del desierto. Pero me dejaron un corpúsculo de luz que me llevé por siempre.

No voy a contar que no le respondí al criminal ninguna de sus cien llamadas telefónicas. Sé que se enteró de la proximidad de Samara. Y me envió un gran ramo de flores a través de su socio.

Samara tendría unos diecinueve años y Judith unos ocho, cuando una amiga me avisó que el criminal había muerto de un cáncer muy feo.

—¿De veras? ¡Ay…! —me oyeron mis hijas, en el teléfono.

—¿Qué pasó, má?

—Nada, una persona que conocí se murió.

—¿Quién?

—No, nadie, no importa.

Pero me dirigí hacia el samovar, que tenía su lugar privilegiado en mi taller, en una repisa que construí especialmente, frente a la ventana que da a la jacaranda del camellón. Sí, solté algunos sollozos.

No voy a decir, finalmente, que, en el terremoto del 19 de septiembre de 2017, en una inaudita reedición del pavoroso terremoto del 19 de septiembre de 1985, como si una fuerza del cielo quisiera encajarnos un mensaje en el corazón, no sólo perdí el departamento en el que había armado mi taller, sino todo lo que ahí había naufragó bajo los escombros.

¿Para qué habría de contar esto?

# Tiempo detenido

En este paréntesis del tiempo, donde el encierro es una espiral que viaja en el espacio interior, Giorgio y yo hemos cumplido 25 años de esa tarde veraniega en el crucero que salía de Jamaica por las islas del Caribe, donde el capitán nos enlazó, en una ceremonia improvisada, con mi ramillete de margaritas en las manos y un vestido de gasa blanca que me prestó una pasajera.

Vamos de las recámaras al comedor y al patio, intercambiando el azoro en los silencios, mientras las voces de los muertos van penetrando nuestras paredes. Me he visto separada de mis hijas, Samara y Judith, cada una en su propia misión.

He aprendido a mirar las puertas y las ventanas de nuestra casa con ojos de temor y de asfixia.

Estoy haciendo una curaduría para el Museo del Objeto Digital, abierta a todo público, para fotografiar el objeto significativo durante la pandemia, y compartirlo, acompañado de un breve escrito.

¿Se valdría fotografiar ausencias? ¿Vacíos de objetos que se han perdido, que han sido robados, que permanecen en la oscuridad bajo toneladas de tierra o en el torrente del océano? ¿Cómo serían esas imágenes?

No dejo de sentir un samovar a la deriva, de pronto, en mis manos. De pronto, otra vez, a la deriva. Mi objeto significativo es una palabra. Un nombre que no atino a atrapar.

Me he sumergido en las imágenes de samovares que descubro en internet en todas las aplicaciones posibles. Un caleidoscopio de presentimientos y de corazones batientes, porque no está el que necesito. Según yo, voy a hacer la más intensa exposición de objetos que han cambiado la vida de la gente. Yo sólo quiero encontrar el mío.

El mío es una palabra y los aromas que despliega. Algo que sólo puede aparecer en una historia. Una historia que ha ocurrido y que se rememora, repasándola como plegaria.

Mi prima Ekatherina, mi Katya querida, me manda mensajes desde Monterrey, vía WhatsApp, convenciéndome de que pronto viajaremos a Ucrania, a buscar el alma de nuestras abuelas, Anna y Lena, que nos esperan en la antigua casa de Shmérinka, con el samovar a punto de ebullición y las galletas deliciosas más duras del mundo.

Pienso en la cabellera blanca de Lena, un borreguito de azúcar. En la miel de los elotes de Tezontlalpan, donde vuela María. En el pequeño antecomedor del quinto piso, con balcones al sol de la tarde, donde Modesta friega las cacerolas y la *bobe* se apresta a ser la dama del samovar que sobrevivió al naufragio.

No me dejen en este aciago tiempo.

# Índice

II

*Samovar* de Ethel Krauze
se terminó de imprimir en el mes de enero de 2023
en los talleres de Diversidad Gráfica S.A. de C.V.
Privada de Av. 11 #1 Col. El Vergel, Iztapalapa,
C.P. 09880, Ciudad de México.